Fiona Kelly

Entführt!

Fiona Kelly

Mystery Club Band 6

Entführt!

Aus dem Englischen
von Simone Wiemken

Ravensburger Buchverlag

Die Deutsche Bibliothek – CIP-Einheitsaufnahme

Kelly, Fiona:
Mystery-Club / Fiona Kelly. –
Ravensburg: Ravensburger Buchverl.

Bd. 6. Entführt! /
aus dem Engl. von Simone Wiemken. – 1996
ISBN 3-473-34556-3

5 4 3 2 1 00 99 98 97 96

Die englische Originalausgabe erschien 1994
unter dem Titel „The Mystery Club – Missing!“
bei Knight Books, Hodder and Stoughton, London

Umschlagillustration: Max Schindler
Redaktion: Jutta Weidemeyer
Gesamtherstellung:
Graphischer Großbetrieb Pößneck GmbH
Printed in Germany

Papier aus chlorfrei gebleichtem Zellstoff

ISBN 3-473-34556-3

1

Ein Plan wird geändert

„Aber das geht einfach nicht!"
Der Mystery Club hörte zu, wie Mrs. Foster kurz schwieg, dann seufzte und der Stimme am anderen Ende der Leitung lauschte. Als Tracy ihre Mutter fragend ansah, zuckte diese mit den Schultern und sprach in den Hörer: „Es tut mir leid, aber Judy wird allein mit dem Zug kommen müssen. Ich kann unmöglich so kurzfristig nach London fahren."
Aus dem Hörer ertönte ein erneuter Wortschwall.
„Ja, ich weiß, daß sie ein sehr selbständiges Mädchen ist. Solange es euch nichts ausmacht... "
Tracy wandte sich an ihre Freundinnen Holly Adams und Belinda Hayes. „Meine Tante", sagte sie entschuldigend.
Die drei Mitglieder des Mystery Clubs saßen im Wohnzimmer, aßen Kekse und lauschten interessiert dem Ferngespräch zwischen Tracys Mutter und Tracys Tante in Amerika.
Der Mystery Club war gegründet worden, nachdem Holly mit ihrer Familie nach Willow Dale gezogen war. Ihre Anzeige in der Schülerzeitung hatte eine bemerkenswerte Wirkung gehabt, allerdings nicht, was die

Zahl der Interessenten betraf. Durch sie hatte Holly jedoch zwei echte Freundinnnen gewonnen, die nicht nur ihre Begeisterung für Eiskrem teilten, sondern auch die für Kriminalgeschichten. Und bis jetzt war an echten Kriminalfällen für den Club kein Mangel gewesen, denn Holly schien Gefahren und Intrigen geradezu magisch anzuziehen.

Die Stimme am anderen Ende der Leitung schnatterte wieder los. „Wenn du mir nur die Ankunftszeiten durchgibst... ja, ja, Merrilyn, du hast recht. Es ist sicher einfacher, wenn wir die Fahrzeiten der Züge von hier aus erfragen. Ich rufe dich dann zurück."

Mrs. Foster legte auf und verkündete gereizt: „Ist das zu glauben? Merrilyn hat ihre Pläne schon wieder geändert! Judy kommt schon morgen, nicht erst am Wochenende. Aber ich kann Fleurs Dienstplan unmöglich schon wieder ändern – sie hat ohnehin schon genug zu tun."

Fleur war die Kindergärtnerin, die in dem von Mrs. Foster geleiteten Kindergarten arbeitete.

„Beruhige dich, Mom", sagte Tracy und schob ihre Mutter auf das Sofa. „Erzähl uns erst mal alles, und dann mache ich dir einen Kaffee. Du siehst aus, als könntest du einen brauchen."

„Das ist wieder einmal typisch für deine Tante Merrilyn", ereiferte sich Mrs. Foster. „Wenn sie nur nicht immer so kurzfristig planen würde!"

„Sie schaffen es nicht, nach London zu fahren, um sie abzuholen?" fragte Holly, die es sich in einem Sessel bequem gemacht hatte. „Kein Problem. Wir haben doch Ferien, also können wir sie abholen."

„Nein", sagte Mrs. Foster entschieden. „Es gibt keinen

Grund, warum Judy nicht allein mit dem Zug bis York fahren sollte. Aber ihr könntet nach York fahren und sie dort abholen. Ich habe nur zugesagt, sie in London vom Flughafen abzuholen, weil ich ohnehin in der nächsten Zeit nach London muß, und dann hätte ich auch die zusätzliche Fahrt zum Flughafen in Kauf genommen. Aber ich habe keine Zeit, zweimal zu fahren, und Alan wird es unmöglich einrichten können, mich morgen schon zu treffen. Das ist einfach zu kurzfristig."

Tracy lächelte ihre Mutter mitleidig an. Mrs. Foster mußte regelmäßig nach London fahren, um mit Alan Hargrave, dem Vorsitzenden des Wohlfahrtsverbandes, über die Zuschüsse für ihren Kindergarten zu verhandeln, und es war immer schwierig, den Kindergarten unter der Woche zu verlassen.

„Kein Problem". sagte Holly. „Wir holen sie in York ab und fahren mit ihr im Zug zurück nach Willow Dale."

„Das reicht auch, finde ich", verkündete Belinda und schob ihre Nickelbrille hoch. „Ihr beide werdet es wahrscheinlich merkwürdig finden, aber ich bin überhaupt nicht scharf darauf, an einem Tag nach London *und* wieder zurück zu fahren."

Holly und Tracy lachten. Belinda war bekannt für ihren Mangel an Energie. Sie würde nie zwei Schritte machen, wo einer ausreichte – es sei denn, es ging dabei um Milton, ihr fuchsfarbenes Vollblutpferd.

„Also gut", sagte Tracy in geschäftsmäßigem Ton. „Judys Flugzeug landet morgens um sechs Uhr fünfundfünfzig. Sie wird ungefähr zwei Stunden brauchen, um ihr Gepäck zu holen und von Heathrow nach King's Cross zu kommen, das heißt, sie könnte so gegen neun einen Zug nach York erreichen. Ich habe irgendwo den aktuellen Fahrplan."

„Wann hättest du je *einen* aktuellen Fahrplan gehabt?" fragte Holly lachend. „Was hast du sonst noch in deinem Schreibtisch?"

„Alles, mit Ausnahme ihrer Schularbeiten", sagte Mrs. Foster seufzend. „Du würdest es nicht glauben, Holly, wie sehr ich mich bemühe, sie dazu zu bringen, ihre Schularbeiten genauso effektiv zu erledigen wie alles andere!"

„Ach, ich komme auch so über die Runden", sagte Tracy grinsend.

„Genau das meine ich", begann Mrs. Foster. „Von *meiner* Familie hat sie diesen Hang zur Perfektion jedenfalls nicht. Merrilyn macht am Telefon zwar einen vollkommen chaotischen Eindruck, aber ihr könnt euch darauf verlassen, daß sie alles bis ins kleinste Detail geplant hat." Merrilyn war die Schwester von Tracys amerikanischem Vater. „Sie wollen in den Catskill Mountains herumfahren und sind dort von niemandem zu erreichen. Aber dein Onkel Jason will vor ihrer Abreise noch einmal bei uns anrufen, um sich zu vergewissern, daß Judy heil angekommen ist."

Mrs. Foster seufzte. „Ich wünschte, ich könnte einfach so verschwinden, und wenn es nur für ein Wochenende wäre! Aber der Kindergarten läßt mich nie los, nicht einmal in den Ferien!" Sie lachte wehmütig. „Aber nun muß ich mich wieder meiner Buchführung widmen. Ich danke euch für eure Unterstützung. Ich wüßte nicht, wie ich ohne euch mit all dem fertigwerden sollte."

„Wie du es immer machst – gelassen und souverän", antwortete Tracy liebevoll. Sie schob ihre Mutter sanft aus dem Wohnzimmer. „Geh du nur an deine Arbeit und überlaß alles weitere uns. Ich werde Tante Merrilyn zurückrufen und ihr die Anweisungen für Judy durchgeben. Du brauchst dich um nichts zu kümmern." Sie drehte sich zu ihren Freundinnen um. „Es wird toll sein, Judy hier zu haben. Sie war meine beste Freundin, als wir beide noch jünger waren. Wir waren unzertrennlich."

Tracy lebte zwar schon seit drei Jahren, seit der Scheidung ihrer Eltern, mit ihrer Mutter in Willow Dale, aber ihre Freundinnen wußten genau, daß sie ihr Heimatland Amerika immer noch liebte. Ihr amerikanischer Akzent verstärkte sich jedesmal, wenn sie von ihrem früheren Leben in Kalifornien sprach.

„Erzähl uns mehr davon", sagte Holly und setzte sich noch bequemer hin, um besser zuhören zu können. Das war eine von ihren Angewohnheiten; sie widmete jedem Thema – mochte es auch noch so uninteressant sein – ihre volle Aufmerksamkeit. „Wir wollen alles über Judy, deine Tante und deinen Onkel hören."

„Judy ist in meinem Alter", begann Tracy, und ihre schönen, blauen Augen nahmen einen träumerischen Ausdruck an. „Wir wurden beide in Kalifornien geboren und lebten nur wenige Straßen voneinander entfernt. Wir sind fast wie Schwestern aufgewachsen, bis Onkel Jason und Tante Merrilyn nach New York gezogen sind. Onkel Jason hat eine Firma, die Modeschmuck herstellt. Sie heißt Scheherazade. Er verkauft den Schmuck an die großen Modehäuser in New York und Paris. Das ist ein Riesengeschäft. Heutzutage will sich in der eleganten

Welt niemand mehr mit echten Diamanten und Rubinen belasten."
„Ich hätte gegen diese Belastung nichts einzuwenden", stellte Holly lachend fest.
„Ich weiß sowieso nicht, welchen Sinn all dieser Schmuck haben soll", verkündete Belinda. „Ich würde mir albern vorkommen, aufgeputzt wie ein Weihnachtsbaum." Belinda trug wie immer alte Jeans und ihr geliebtes verwaschenes grünes Sweatshirt.
„Ich habe sie sehr vermißt, nachdem sie an die Ostküste gezogen war", fuhr Tracy fort. „Wir haben uns natürlich geschrieben und auch miteinander telefoniert, aber das ist nicht dasselbe."
Holly nickte mitfühlend. Sie selbst war erst vor kurzem mit ihrer Familie von London nach Willow Dale gezogen, und sie vermißte ihre Freunde, vor allem Miranda und Peter, die sie schon seit der Grundschule kannte. „Ja, Briefe sind etwas Schönes, aber es nicht dasselbe, wie mit seinen Freunden zusammenzusein."
„Im letzten Brief", erzählte Tracy, „schrieb sie, daß ihr Vater gerade eine neue Kollektion fertiggestellt hat, die irgendwelchen traumhaften Schmuckstücken aus Thailand nachempfunden ist. Ich glaube, Onkel Jason hat sich sogar einige dieser echten Juwelen ausgeliehen, damit seine Mitarbeiter eine Vorlage haben, nach der sie neue Ideen entwickeln können. Judy schrieb außerdem, daß Beaumont, das große Modehaus in Paris, an dieser Kollektion sehr interessiert ist."
„Vielleicht werden wir jetzt berühmt, nur weil wir sie kennen!" scherzte Holly.
„Aber es gibt auch Schattenseiten", sagte Tracy. „Judy hat

geschrieben, mein Onkel wäre davon überzeugt, daß jemand seine Entwürfe stiehlt. Ihr wißt schon – plötzlich tauchen ganz ähnliche Kollektionen auf, die dann den großen Modehäusern angeboten werden, kurz bevor seine eigene Kollektion fertig ist. Judy sagt, so etwas wäre schon zu oft passiert, um ein Zufall zu sein. Mein Onkel macht sich deswegen große Sorgen. Anscheinend kann es nur ein Mitarbeiter seiner Firma sein, und im Moment verdächtigt jeder jeden."

„Ein echter Kriminalfall!" sagte Holly, und ihre Augen funkelten. Doch Belinda unterbrach sie.

„He, ich habe eine Idee!" verkündete sie. „Ihr kennt doch die Wohltätigkeitspartys meiner Mutter? Was haltet ihr davon, wenn wir Judy dazu einladen und sie bitten, über das Geschäft ihres Vaters zu sprechen? Meine Mutter plant für diesen Samstag eine Riesenparty, und ihr wißt ja, wie es dabei zugeht. Sie lädt immer alle wichtigen Geschäftsleute der Stadt ein." Belinda strahlte. „Von ihnen kommen die größten Spenden. Und ich wette, daß auch einige Juweliere unter den Gästen sind. Der Mann, dem das große Juweliergeschäft in der Market Street gehört, war auch schon öfters auf ihren Partys.

„Mr. Medlock?" fragte Holly.

„Ja, genau der", bestätigte Belinda. „Und es gibt noch mindestens drei oder vier weitere Juweliergeschäfte in dieser Stadt. Ihre Besitzer werden alle auf der Party sein. Meine Mutter sammelt diesmal für eine Kinder-Hilfsorganisation. Ich bin sicher, daß die Gäste mehr Geld ausspucken, wenn sie wissen, daß die Repräsentantin eines der größten amerikanischen Juweliergeschäfte anwesend ist."

„Aber wenn man es genau nimmt, ist Judy gar keine Repräsentantin von Scheherazade", sagte Tracy. „Und wir werden sie wohl kaum dazu überreden können, die geheimen, neuen Entwürfe meines Onkels preiszugeben – nicht solange Beaumont in Paris so scharf darauf ist. Sie wäre verrückt, der Konkurrenz zu verraten, wie ihre neueste Kollektion aussieht. Diese neuen Entwürfe sind ein Vermögen wert."

„Aber du hast doch gesagt, es wäre nur Modeschmuck", wand Belinda ein. „Er kann doch sicherlich nicht so viel wert sein."

Tracy lächelte herablassend. „Man merkt, daß du vom Juweliergeschäft keine Ahnung hast."

„Aber du bist natürlich Expertin auf diesem Gebiet?" bemerkte Belinda spitz.

„Zumindest weiß ich, daß ein neuer Entwurf von Scheherazade viel Geld wert ist", sagte Tracy. „Und ich weiß genau, daß Judy niemandem davon erzählen würde. Wenn meine Cousine etwas nicht verraten will, ist sie verschlossen wie eine Auster."

„Aber das wissen die Leute auf der Party nicht." Belinda grinste. „Ich kann sie doch zumindest fragen, nicht wahr? Was meinst du, ob Judy bereit wäre, eine kleine Rede zu halten?"

„Ich werde sie fragen", bot Tracy an. „Darf ich denn auch kommen?"

„Natürlich! Allein überlebe ich diese Party sowieso nicht. Ich werde meine Mutter bitten, euch beiden auch eine Einladung zu schicken."

„Toll – das wird bestimmt ein großer Spaß", freute sich Holly.

„Bist du noch normal?“ fragte Belinda entsetzt. „Ich will nicht einmal daran denken, wenn es nicht unbedingt sein muß. Aber jetzt erzähl uns mehr von Judy, Tracy. Mir ist alles recht, was meine Gedanken von dieser gräßlichen Party ablenkt.“

„Also – sie ist hübsch und intelligent, eine gute Sportlerin, die vor allem ausgezeichnet Tennis spielt, und sie hat immer tolle Einfälle – früher hat sie mir vor dem Schlafengehen immer die spannendsten Geschichten erzählt.“

„Sie scheint dir erschreckend ähnlich zu sein“, stellte Belinda fest. „Kein Wunder, daß ihr so gut miteinander ausgekommen seid.“

„Wie lange hast du sie nicht mehr gesehen?“ fragte Holly. „Sie hat sich inzwischen sicher sehr verändert. Ich wette, du erkennst sie nicht einmal, wenn sie aus dem Zug steigt. Du hättest sie bitten sollen, sich ein Namensschild anzustecken!“

„Ich sagte doch, daß sie mir regelmäßig schreibt und natürlich auch Fotos schickt“, erwiderte Tracy. „Ich werde sie problemlos erkennen. Gesehen habe ich sie allerdings seit fünf Jahren nicht mehr, seit sie nach New York gezogen ist.“ Tracys Stimme klang traurig.

Taktvoll wechselte Holly das Thema. „Ich wüßte zu gern, warum deine Tante und dein Onkel verreisen, ohne eine Adresse zu hinterlassen, unter der sie zu erreichen sind. Das finde ich ziemlich merkwürdig.“

„Das tun die Freunde meiner Eltern dauernd“, sagte Belinda. „Wenn du das ganze Jahr im Licht der Öffentlichkeit stehen würdest, würdest du auch versuchen, einmal Ruhe zu haben vor der Presse und deinen Gläubigern.“

„Meinst du, daß sie Schulden haben?" fragte Holly fasziniert.

„Nein!" stieß Belinda entnervt hervor. „Holly, du kannst es wirklich nicht lassen, aus allem einen Kriminalfall zu machen, nicht wahr? Ihr Verhalten ist ganz normal und vernünftig."

„Du findest es vielleicht ganz normal und vernünftig", verkündete Holly, „aber für mich ist es hochgradig verdächtig. Außerdem ist es für meinen Geschmack schon zu lange her, daß wir einen guten Kriminalfall zu lösen hatten."

„Also gut, ich gebe es zu", sagte Tracy lachend. „Mein Onkel Jason ist ein Industriespion, der auf eine geheime Mission geschickt wurde."

„Und was ist mit deiner Tante Merrilyn?" fragte Holly schnell.

„Sie ist auf derselben Mission. Internationale Spione haben immer bildschöne Assistentinnen, das weißt du doch."

„Ihr irrt euch beide – ich weiß genau, was passiert ist", sagte Belinda genießerisch. „Er hat sein Geschäft satt, und deshalb hat er alles hingeworfen, um Schauspieler zu werden."

„Das bezweifle ich", bemerkte Holly. „Als Schauspieler muß er wieder vor die Öffentlichkeit treten, und seine wahre Identität würde schnell bekannt."

Belinda zuckte die Achseln. „Vielleicht arbeitet er zunächst als Statist, bevor er eine Hauptrolle übernimmt."

„Ich glaube nicht, daß meine Tante Merrilyn dabei mitmachen würde", vermutete Tracy. „Sie ist an einen ziemlich hohen Lebensstandard gewöhnt. Ich kann mir nicht vorstellen, daß sie den aufgibt, nur um meinem Onkel dabei zuzusehen, wie er den hungernden Schauspieler mimt."

„Sie ist natürlich seine Managerin. Und er hat schon in aller Heimlichkeit einen Vertrag mit einer großen Produktionsfirma in Hollywood unterzeichnet", sagte Holly. „Aber nun meine Theorie. Vielleicht ist er irgendwelchen Drogenbaronen in die Quere gekommen, wird nun von ihnen erpreßt und muß deshalb eine Zeitlang untertauchen."

„Mit Tante Merrilyn?" fragte Belinda kritisch.

„Klar. Sie organisiert die Flucht", erwiderte Holly schlagfertig.

„Eigentlich schade, daß nichts davon stimmt", sagte Belinda und seufzte. „Hast du nicht irgendeinen guten Fall für uns, Holly? Als Gründerin des Mystery Clubs solltest du uns eigentlich Arbeit verschaffen."

„Ich halte es für eine gute Idee, wenn wir herausfänden, wer die Entwürfe von Tracys Onkel stiehlt."

„Genial!" rief Belinda begeistert. „Vielleicht können wir den Fall noch vor Judys Ankunft lösen!"

„Dann sollten wir uns aber beeilen", bemerkte Tracy trocken. „Immerhin kommt sie schon in wenigen Stunden."

Holly lachte. „Und um vernünftig ermitteln zu können, müßten wir nach Amerika fliegen. Ich nehme doch nicht an, daß du auch einen aktuellen Flugplan in deinem Schreibtisch hast, oder, Tracy?"

„Leider nicht", gab Tracy zu. „Aber die Idee wäre nicht schlecht."

„Also gut“, sagte Holly. „Zurück auf den Teppich! Vielleicht könntest du dein Organisationstalent dazu einsetzen sicherzustellen, daß wir rechtzeitig in York sind, um deine Cousine zu treffen. Es wird sie kaum beeindrukken, wenn wir bei ihrer Ankunft noch nicht da sind.“
„Da hast du recht.“ Tracy rannte nach oben, um den Fahrplan aus ihrem Zimmer zu holen. Nachdem die Freundinnen die Fahrzeiten der Züge von London nach York herausgesucht hatten, rief Tracy ihre Cousine an und gab ihr genaue Anweisungen.
Belinda hob die Brauen, als sie das ununterbrochene Geschnatter am Telefon hörte. „Wenn sie auch so ist, wenn Judy bei ihr ist, dann halte ich es nicht aus.“ Sie sah Holly an. „Stell dir nur vor, zwei Leute wie Tracy um dich zu haben!“
Holly grinste. „Wenn sie nicht bald auflegt, wird Judy ihr Flugzeug verpassen. Ich habe noch nie jemanden so viel reden hören!“
„Noch mehr Änderungen“, verkündete Tracy, als sie vom Telefon zurückkam. Ihr amerikanischer Akzent war deutlicher als sonst – wie immer, wenn sie aufgeregt war. „Sie fliegt mit einem Angestellten meines Onkels – einem gewissen Tony Meyer. Er hat anscheinend geschäftlich in London zu tun. Für uns ändert das jedoch nichts. Wir treffen Judy trotzdem in York. Ich bin so aufgeregt. Ich weiß nicht, wie ich es aushalten soll, noch bis morgen früh zu warten!“
Belinda und Holly tauschten einen vielsagenden Blick und lächelten. Trotz Belindas spitzer Bemerkungen freuten sie sich fast genauso auf Tracys Cousine wie Tracy selbst.

Die Zeit verging wie im Flug, und schon bald standen sie auf dem Bahnhof von York und warteten auf die Ankunft des Zuges aus London. Tracy war so aufgeregt, daß sie herumhüpfte wie eine Neunjährige.
Sie waren natürlich viel zu früh gekommen. Dafür hatte Tracy gesorgt. Sie waren in Willow Dale eine halbe Stunde früher als nötig in den Zug gestiegen, für den Fall, daß Judy ihr Gepäck mit Lichtgeschwindigkeit fand und mit U-Bahn- und Zugverbindungen großes Glück hatte. Die Mädchen schlenderten um die Kioske auf dem Bahnsteig, und Tracy sprach ohne Pause. Sie erzählte ihren Freundinnen immer wieder, wie gut gekleidet und intelligent ihre Cousine war, bis sogar Holly allmählich Zweifel kamen, ob es wirklich einen Menschen auf der Erde gab, der *so* perfekt war.
Belinda sah verlegen auf ihr geliebtes grünes Sweatshirt, das, so mußte selbst sie zugeben, schon bessere Tage gesehen hatte, und sie bedauerte, sich nicht zumindest heute Tag etwas mehr Mühe mit ihrer Kleidung gegeben zu haben. So wie Tracy sich anhörte, konnte man meinen, sie würden ein Mitglied der königlichen Familie abholen.
„Ich bin mir nicht sicher, ob ich diese umwerfende Cousine mag", flüsterte Belinda Holly zu, während Tracy wieder die Ankunftszeiten studierte.
„Tracy ist nur aufgeregt, das ist alles", beschwichtigte Holly sie. „Mir würde es sicher genauso gehen, wenn Miranda oder Peter zu Besuch kämen."
„Wenn sie wirklich so toll ist, wie Tracy behauptet, werden wir sicher eine schöne Zeit haben", sagte Belinda. „Ich hoffe nur, daß sie Pferde mag."

„Der Zug fährt ein“, rief Tracy. „Los, kommt!“ Sie zog ihre beiden Freundinnen mit sich über den Bahnsteig. „Wenn wir uns rechts und links der Sperre aufstellen, können wir sie nicht verfehlen.“

Es hatte keinen Sinn zu erwähnen, daß sie Judy noch nie in ihrem Leben zu Gesicht bekommen hatten. Tracy befahl ihnen nur, Ausschau zu halten nach einer einen Meter fünfundsiebzig großen, blonden Amerikanerin mit genug Gepäck, um einen Supermarkt zu füllen.

Leute strömten vom Bahnsteig. Es hatte den Anschein, als hätte sich die halbe Weltbevölkerung vorgenommen, diesen Nachmittag in York zu verbringen. Unter den Reisenden waren erschöpfte Mütter mit kleinen Kindern und vielen Taschen; alte Leute mit Gepäckkarren, auf denen ein einzelner kleiner Koffer stand; junge Paare, die nur Augen füreinander hatten; junge Männer und Frauen, die ihre Blicke über die Wartenden schweifen ließen, in der Hoffnung, von ihren Angebeteten abgeholt zu werden; und Männer, die ihre Aktentaschen schwenkten, bereit für ein Geschäftsessen. Sie alle strömten durch die Sperre, einzeln, zu zweit und in Gruppen, bis der Bahnsteig vollkommen leer war, abgesehen von einem einsamen Bahnbediensteten, der durch die Abteile ging, um sicherzugehen, daß alle Passagiere den Zug verlassen hatten.

Nirgends war auch nur eine Spur von einer einsfünfundsiebzig großen Blondine aus Amerika zu sehen, die genug Gepäck hatte, um einen Supermarkt zu füllen. Wo steckte Judy?

2

Eine merkwürdige Nachricht

„Typisch Judy!“ Tracy war gereizt.

„Macht sie so etwas öfter?“ fragte Belinda.

„Was? Züge verpassen? Ich habe keine Ahnung – ich sagte euch doch, daß ich sie seit Jahren nicht mehr gesehen habe.“ Tracy war gereizter, als sie zugeben wollte. Sie hatte sich so sehr auf den Besuch ihrer Cousine gefreut, und sie wollte nicht, daß ihre Freundinnen den Eindruck bekamen, als wäre Judy nicht einmal in der Lage, so etwas Einfaches zu tun, wie in den richtigen Zug zu steigen. „Ach, ich denke, jeder kann einen Zug verpassen.“

„Und was machen wir jetzt?“ fragte Belinda. „In New York anrufen und fragen, ob Judys Flugzeug planmäßig gestartet ist?“

„Hast du die Telefonnummer dabei?“ fragte Holly.

„Nein“, sagte Tracy. „Ich dachte nicht, daß wir sie brauchen würden. Aber ich könnte zu Hause anrufen und sie mir durchgeben lassen.“

Holly merkte, daß ihre Freundin zu enttäuscht war, um logisch zu denken. „Warum warten wir nicht einfach auf den nächsten Zug?“ fragte sie betont gelassen. „Du sagtest doch, daß sie in Begleitung eines Bekannten fliegt, nicht wahr? Wie hieß er doch gleich? Tony Meyer? Wenn wirklich etwas passiert wäre, hätte er sicher schon bei dir zu Hause angerufen. Wenn Judy nicht mit dem nächsten Zug kommt, rufen wir deine Mutter an und fragen nach. Was hältst du davon?“

„Einverstanden“, sagte Tracy, aber es war deutlich zu merken, wie nervös sie immer noch war. Nach einer Cola im Bahnhofsrestaurant entspannte sie sich jedoch etwas und konnte über sich selbst lachen. „Entschuldigt, daß ich mich so aufgeregt habe“, sagte sie. „Ich fühle mich einfach verantwortlich. Wenn ich Judy in letzter Zeit öfter gesehen hätte, wäre alles nicht so schlimm. Aber ihr wißt sicher, wie das ist – man überlegt, wie sehr sich der andere wohl verändert haben mag. Um ehrlich zu sein“, fügte sie hinzu, „habe ich mir schon Sorgen gemacht, ob ich sie überhaupt erkennen würde. Ihr kennt das sicher – eine veränderte Frisur reicht schon aus.“

„Ich weiß genau, was du meinst“, verkündete Belinda. „Ich sollte einmal einen Onkel abholen, den ich mit ungefähr zwei Jahren das letztemal gesehen hatte. In den Augen meiner Mutter hatte er sich natürlich kein bißchen verändert. Aber ich wußte nur noch, daß er wie ein Pirat aussah – riesig, mit schwarzem Haar und einem üppigen Bart.“

„Und? Wie sah er wirklich aus?“ fragte Holly.

„Er hatte seinen Bart abrasiert, sein Haar war grau geworden, und er war kaum größer als ich“, berichtete Belinda. „Ich war richtiggehend enttäuscht. Er sah ganz gewöhnlich aus und überhaupt nicht mehr wie ein Pirat."

„Vielen Dank für diese aufmunternde Geschichte", sagte Tracy. „Was ist, wenn Judy doch in diesem Zug war? Wenn ich sie einfach nicht erkannt habe und sie an uns vorbeigegangen ist?"

„Das ist unmöglich", stellte Holly fest. „Alle jungen Leute, die ich über den Bahnsteig kommen sah, wurden von jemandem erwartet."

„Und was ist, wenn sie den Frühzug erwischt hat – den um acht?" rief Tracy plötzlich. „Vielleicht ist das Flugzeug früher gelandet, und sie war rechtzeitig in King's Cross, um einen früheren Zug zu nehmen!"

„Wenn das der Fall ist, wird sie sich irgendwo im Bahnhof aufhalten", sagte Belinda. „Vielleicht ist sie auch in eine Gaststätte in der Nähe gegangen, um einen Kaffee zu trinken. Also los, wir suchen sie!"

Die drei durchsuchten den Bahnhof, schauten in jede Snackbar und jedes Geschäft, doch die einzige Blondine, die ungefähr das richtige Alter und die richtige Größe hatte, stritt sich gerade mit ihrem Freund und hatte außerdem einen eindeutig britischen Akzent.

Tracy sah schon wieder besorgt aus. „Ich habe ihr doch gesagt, daß wir sie abholen würden. Sie würde nie allein nach Willow Dale weiterfahren. Selbst wenn sie sich erkundigt hätte, wie sie dorthin kommt, wäre sie nie einfach abgefahren und hätte uns hier stehenlassen." Sie sah ihre Freundinnen ängstlich an. „Was ist, wenn sie einen Unfall hatte, und..."

Holly unterbrach sie. „Wann kommt der nächste Zug?"

Das war ein geschickter Schachzug. Tracy hörte augen-

blicklich auf, sich auszumalen, was ihrer Cousine zugestoßen sein konnte, und widmete ihre ganze Aufmerksamkeit dem Fahrplan. „In zwanzig Minuten", sagte sie.
„Dann haben wir genug Zeit, um noch eine Cola zu trinken und in den Buchladen zu schauen", entschied Holly. Sie und Belinda tauschten einen Blick. *Wir müssen sie beschäftigen,* besagte er.
Doch zwanzig Minuten später fuhr der nächste Zug in den Bahnhof ein, und Judy war auch diesmal nicht unter den Passagieren. Die drei Freundinnen wußten nicht, was sie jetzt tun sollten.
„Ich habe heute genug Cola für den Rest meines Lebens getrunken", stellte Belinda fest. „Wir wollen doch wohl nicht noch einen Zug abwarten, oder?"
„Und ich glaube, ich kenne inzwischen die Titelbilder von allen Büchern und Zeitschriften auswendig", sagte Holly. „Das Flugzeug hatte sicher Verspätung – das kommt immer wieder vor." Sie nickte Tracy aufmunternd zu. „Bestimmt ist das der Grund. Irgendein unvorhergesehener Aufenthalt auf dem Flughafen."
„Ich werde meine Mutter anrufen", verkündete Tracy. „Vielleicht hat sich Judy bei ihr gemeldet. Das hätte ich schon längst tun sollen."
„Vielleicht ist ihr Gepäck verlorengegangen", sagte Belinda, als sie auf die Telefonzellen zugingen. „Vielleicht steht sie auf dem Flughafen herum, und ihr Gepäck ist auf dem Weg nach China." Sie warf Holly einen schnellen Blick zu und hoffte nur, daß ihre Mutmaßungen dazu beitrugen, Tracy zu beruhigen.
„Vielleicht ist Judy am falschen Bahnhof ausgestiegen", überlegte Tracy.

„So dumm ist sie sicher nicht“, sagte Holly. „Ich wette, es gibt gar keinen Grund, sich Sorgen zu machen. Es wird sich alles aufklären.“

Während sie darauf warteten, daß eine Telefonzelle frei wurde, versuchten Holly und Belinda, Tracy aufzumuntern, indem sie ihr Geschichten von Leuten erzählten, auf die sie schon an Flughäfen oder Bahnhöfen gewartet hatten und deren Flugzeuge oder Züge stundenlang Verspätung hatten.

„Keine Nachricht“, sagte Tracy knapp, nachdem sie mit ihrer Mutter gesprochen hatte.

„Das ist der Beweis“, sagte Belinda. „Sie muß noch im Flugzeug sitzen.“

„Oder ihr Zug hat eine Panne und ist irgendwo zwischen Selby und Nottingham stehengeblieben“, mutmaßte Holly.

„Nein, das wäre angesagt worden“, sagte Tracy. „Aber ich habe nichts über verspätete Züge gehört.“

„Vielleicht sollten wir am Flughafen anrufen und fragen, ob das Flugzeug schon gelandet ist“, schlug Belinda vor.

„Gut, daß wenigstens eine von uns ihr Gehirn benutzt“, stellte Holly fest.

Doch auch das brachte sie nicht weiter. Das Flugzeug war gelandet – zwar nicht genau pünktlich, aber doch so, daß es Judy und ihrem Begleiter leicht möglich gewesen wäre, mit der U-Bahn nach London zu fahren und dort einen der beiden Züge nach York zu erreichen, auf den die drei Mädchen gewartet hatten.

„Entweder hat sie ihren Flug schon in New York verpaßt oder sie macht einen Bummel durch London“, erklärte Belinda.

„Das würde sie nie tun", widersprach Tracy. „Sie würde sich nie die Stadt ansehen, wenn sie weiß, daß wir hier auf sie warten. Ich bitte dich!"
„Ich versuche ja nur zu helfen", meinte Belinda. „Reiß mir nicht gleich den Kopf ab!"
„Tut mir leid", sagte Tracy. „Aber ich mache mir Sorgen. Wenn sie das Flugzeug verpaßt hätte, hätte sie oder dieser Tony Meyer, mit dem sie fliegt, längst meine Mutter angerufen und Bescheid gesagt. Und sie würde nie einen Stadtbummel machen und zwei Züge verpassen, ohne sich vorher zu melden. So ein Mensch ist sie nicht."
„Wir müssen eine Entscheidung treffen", sagte Holly. „Wollen wir hierbleiben oder nach Hause fahren und auf einen Anruf warten?"
„Oder wollen wir erst noch den nächsten Zug abwarten?" fragte Belinda.
„Ob sie sich in der Londoner U-Bahn verirrt hat?" überlegte Holly. „Für jemanden, der sich nicht auskennt, ist das U-Bahnnetz ziemlich kompliziert."
„Ich habe ihr alles genau beschrieben", sagte Tracy. „Sie *kann* sich gar nicht verirrt haben. Sie ist schließlich nicht dumm. Aber ich habe irgendwie ein ungutes Gefühl bei der ganzen Sache. Ich glaube, wir sollten jetzt heimfahren, für den Fall, daß sie anruft."
„Ich bin sicher, daß sie anrufen wird", sagte Holly. „Es gibt bestimmt eine ganz einfache Erklärung für ihre Verspätung."
Auf der Rückfahrt nach Willow Dale sprachen die Mädchen kaum. Regentropfen rannen an den Fensterscheiben herunter und trugen ebenso wie die tiefhängenden grauen Wolken zu ihrer gedrückten Stimmung bei. In

Willow Dale verpaßten sie den Bus, der sie zu Tracys Haus gebracht hätte, und gingen deshalb zu Fuß zum Kindergarten, wo sie durchgeweicht und deprimiert ankamen. Judy hatte sich noch nicht gemeldet, und Mrs. Foster hatte zuviel mit einem heimwehkranken Dreijährigen und dem Füttern von zwei Babys zu tun, um Tracys Sorgen zu teilen.

„Es muß eine Erklärung dafür geben", überlegte sie. „Aber nun geht und macht euch etwas zum Mittagessen. Es tut mir leid, daß ihr den Vormittag vergeudet habt."

Die drei gingen zu Tracy nach Hause. In der Küche durchstöberte Tracy den Kühlschrank nach etwas, das sie wieder aufwärmen konnte.

„Ich könnte etwas vertragen, das all die Cola in meinem Magen aufsaugt", stöhnte Belinda. „Ich fühle mich wie ein Wasserfaß!"

„Das geschieht dir recht", sagte Holly. „Ich weiß ohnehin nicht, wo du das alles läßt, was du in dich hineinschüttest."

„Ich mag Cola", betonte Belinda und hielt sich den Bauch. „Zumindest mochte ich sie – bis zur dritten Flasche." Sie grinste Tracy an, in der Hoffnung, ihre Freundin mit diesem Scherz ein wenig von ihren Sorgen abzulenken. „Ich hätte nie gedacht, daß mir davon übel werden könnte. Wie sieht es aus – könnten wir uns vielleicht ein paar belegte Brote machen?"

„Ich sehe nach, ob Brot da ist", sagte Tracy. Plötzlich schrillte das Telefon, und sie erstarrte.

„Glaubt ihr... ?"

„Geh ran!" drängte Holly. „Los, schnell!"

Tracy stürzte zum Telefon und nahm den Hörer ab.

„Hallo? Hier ist Tracy Foster."
Es war nicht Judy. Es war ein Mann mit einem amerikanischen Akzent.
„Tracy! Hallo! Hier ist Tony Meyer", sagte die Stimme.
Tracy war unendlich erleichtert. „Ist alles in Ordnung?" stieß sie hervor. „Geht es Judy gut? Wir haben eine Ewigkeit gewartet, aber sie ist nicht gekommen!"
„Es ist alles in Ordnung", sagte Tony Meyer. „Judy ist hier bei mir. Wir haben den Plan geändert." Er lachte kurz auf. „Wir hätten uns schon längst gemeldet, aber Judy hatte eure Telefonnummer ganz unten in ihren Koffer gepackt. Wir haben so lange gebraucht, den Zettel zu finden. Es tut mir leid, daß ihr umsonst nach York gefahren seid."
„Ach, das macht nichts", sagte Tracy. „Ich hatte nur Angst, daß etwas passiert sein könnte."
„Aber nein. Wir haben nur beschlossen, ein paar Tage in London zu verbringen. Ach ja, noch etwas. Ich gebe dir eine Telefonnummer, für den Fall, daß ihr Judys Eltern eine Nachricht zukommen lassen möchtet."
„Einen Augenblick", sagte Tracy und suchte fieberhaft nach einem Stück Papier. „Gut", sagte sie. „Es kann losgehen." Sie notierte die lange Telefonnummer.
„Könnte ich kurz mit Judy sprechen?" fragte sie.
„Einen Moment", sagte Tony Meyer. „Ich hole sie."
Tracy legte eine Hand über den Hörer und lächelte ihre Freundinnen erleichtert an. „Es ist alles in Ordnung", sagte sie. „Sie sind noch in London."
„Was haben wir dir gesagt?" meinte Holly. „Du hast dich ganz ohne Grund verrückt gemacht."
„Tracy?" ertönte eine Mädchenstimme durchs Telefon.

Tracy nickte ihren Freundinnen zu. Sie hatte Judys Stimme sofort erkannt.
„Judy! Wie schön, deine Stimme zu hören. Du glaubst nie…"
„Ich kann jetzt nicht reden", unterbrach Judy sie. Tracy fand, daß sie sich erschöpft anhörte. „Wir werden ein paar Tage hierbleiben. Es ist etwas dazwischengekommen."
„Aber ich dachte…", begann Tracy.
„Ich komme, sobald ich kann, das verspreche ich dir. Ich melde mich wieder, wenn ich Genaueres weiß."
„Aber warum hast du nicht…", begann Tracy erneut.
„Übrigens – wie geht es Harry?" fragte Judy.
„Harry?" fragte Tracy verwundert.
„Klar. Harry. Ich freue mich schon darauf, ihn wiederzusehen. Aber jetzt muß ich Schluß machen. Ich melde mich bald wieder. Bis dann."
Das nächste, was Tracy hörte, war das Summen, das ertönt, wenn der Gesprächspartner auflegt.
„Es ist etwas dazwischengekommen." Tracy sah ihre Freundinnen verwirrt an. „Aber sie hat nicht gesagt, was es ist."
„Du hättest sie fragen sollen", meinte Belinda.
„Ich habe es versucht, aber sie sagte, sie könnte nicht reden. Ich verstehe das nicht."
„Es ist bestimmt alles in Ordnung", sagte Holly. „Schließlich ist sie mit diesem Angestellten deines Onkels zusammen."
„Irgend etwas ist faul. Sie hörte sich irgendwie merkwürdig an. Und sie hat mich nach Harry gefragt." Tracy schüttelte den Kopf. „Das verstehe ich nicht."

„Wer ist denn Harry?“ fragte Holly.
„Das ist ja das Merkwürdige.“ Tracy war nachdenklich geworden. „Sie hat mich gefragt, wie es Harry geht.“
„Wer zum Teufel ist denn dieser Harry?“ fragte Belinda ungeduldig.
„Er war mein Hund, als ich noch klein war. Judy und ich haben ihn oft zusammen ausgeführt. Er war eine wunderschöne Dänische Dogge. Aber er ist krank geworden. Das weiß sie genau. Sie kann es unmöglich vergessen haben.“
Ihre Freundinnen warteten schweigend, während Tracy versuchte, sich an ihre Kindheit zu erinnern.
„Judy war bei mir. Wir waren beide zehn Jahre alt. Es war nur wenige Wochen, bevor Judys Familie weggezogen ist. Wir haben die ganze Nacht bei Harry gesessen. Das kann sie auf keinen Fall vergessen haben.“ Sie sah ihre Freundinnen beunruhigt und voller Zweifel an. „Harry ist in dieser Nacht gestorben.“
„Bist du sicher, daß es Judy war, die dabei war?“ fragte Holly.
„*Natürlich* bin ich sicher“, sagte Tracy. „So etwas vergißt man nicht. Judy weiß genau, daß Harry tot ist. Warum sollte sie also fragen, wie es ihm geht? Das ergibt keinen Sinn. Es sei denn …“ Sie sah ihre Freundinnen an. „Es sei denn, es war der einzige Weg, mir zu sagen, daß etwas nicht stimmt. Daß sie in Schwierigkeiten steckt.“

3

„Behalte sie für dich selbst"

„Ich glaube nicht, daß wir einen Grund haben, uns ihretwegen Sorgen zu machen", sagte Mrs. Foster, als Tracy ihr von dem Anruf erzählte. „Ich finde zwar, sie hätte sich früher melden können, aber sie hat zumindest angerufen, um sich zu entschuldigen. Dieser Tony Meyer wird schon auf sie aufpassen. Judy nutzt wahrscheinlich die Gelegenheit, sich die Stadt anzusehen."
„Ja, wahrscheinlich", sagte Tracy. „Aber das erklärt nicht, warum sie mich nach Harry gefragt hat."
„Das muß ein Irrtum gewesen sein", sagte Mrs. Foster. „Wenn ich mich recht erinnere, war sie immer ein wenig zerstreut. Aber solange sie mit Tony zusammen ist, ist alles in Ordnung. Immerhin arbeitet er schon seit Jahren für Onkel Jason, Tracy. Er wird schon dafür sorgen, daß ihr nichts passiert."
Doch Tracy war noch nicht überzeugt. Konnte Judy wirklich vergessen haben, was mit Harry passiert war?
„Darf ich anrufen, um ganz sicherzugehen?" bat sie. „Vielleicht sind Tante Merrilyn und Onkel Jason noch nicht abgereist."

„Du kannst es versuchen“, sagte Mrs. Foster. „Wenn es dich beruhigt. Aber sie werden dir nur bestätigen, was du schon weißt: Judy und Tony Meyer bleiben noch ein paar Tage in London, und Judy kommt erst Ende der Woche zu uns. Aber von mir aus ruf sie an, wenn du willst. Und bestell den beiden bitte von mir, wie sehr ich diese kurzfristigen Planänderungen mag.“

Tracy wählte die Nummer der New Yorker Wohnung.

„Nur ein Anrufbeantworter“, berichtete sie dann. „Es ist niemand zu Hause.“

„Das dachte ich mir“, sagte Mrs. Foster. „Sie sind schon in den Urlaub gefahren.“

„Ich könnte die Nummer anrufen, die Tony Meyer mir gegeben hat“, überlegte Tracy.

„Die ist nur für Notfälle“, erinnerte ihre Mutter sie. „Die Leute werden es sicher nicht lustig finden, wenn du sie belästigst, obwohl du längst weißt, was los ist. Ich sehe nicht ein, daß du teure Auslandsgespräche führst, die überhaupt nicht nötig sind.“

„Du hast recht“, sagte Tracy. „Es war nur eine Idee. Außerdem wird Onkel Jason ohnehin bald anrufen, um sich zu vergewissern, daß Judy gut angekommen ist.“

„Eben“, sagte ihre Mutter.

Es war sinnlos, ihre Mutter noch länger verrückt zu machen – genauso sinnlos, wie sich selbst verrückt zu machen. Judy hatte angerufen. Sie war mit Tony Meyer zusammen. Es war alles in Ordnung, und Judys Stimme hatte wahrscheinlich nur so angespannt geklungen, weil sie unter der Zeitverschiebung litt. Tracy blieb nichts anderes übrig, als darauf zu warten, daß Judy wieder anrief und ihr sagte, wann sie käme.

Es war enttäuschend für Tracy, noch länger auf die Ankunft ihrer Cousine warten zu müssen, doch sie war sicher, daß Judy ihr alles erklären würde, wenn sie endlich in Willow Dale war.

Später am Abend rief Onkel Jason an, um sich zu vergewissern, daß seine Tochter gut angekommen war.

„Aber… das verstehe ich nicht", stammelte Tracy ins Telefon. „Ich dachte, du wüßtest, warum die beiden in London geblieben sind."

„Tony hat geschäftlich dort zu tun", erklärte ihr Onkel. „Deswegen ist er dort. Nur hat Judy uns nichts davon gesagt, daß sie ein paar Tage mit ihm verbringen wollte. Aber wenn sie sich gemeldet hat und bei ihm ist, gibt es keinen Grund zur Sorge. Wir haben Judy ein großzügiges Taschengeld mitgegeben – das Geld dürfte ihr also nicht ausgehen. Ich nehme an, sie wird nach Willow Dale kommen, wenn sie alle Sehenswürdigkeiten Londons abgeklappert hat. Du weißt doch, wie es in einer fremden Großstadt ist. Es gibt so vieles, das man sich ansehen möchte."

„Wenn du meinst…" Tracy war voller Zweifel.

„Das hört sich nicht sehr überzeugt an", stellte ihr Onkel fest. „Hör mal, Tracy, Tony Meyer ist einer meiner ältesten und besten Freunde. Wenn Judy bei ihm ist, kann ihr gar nichts passieren."

„Ja, du hast sicher recht", sagte Tracy, nun schon halbwegs überzeugt. „Wie ist euer Urlaub?"

Ihr Onkel kicherte. „Ich finde es einfach toll", sagte er. „Aber deine Tante ist nicht so begeistert. Sie ist es gewöhnt, alle Annehmlichkeiten des täglichen Lebens in

Reichweite zu haben. Ich denke, sie ist nicht gerade angetan davon, die nächsten zwei Wochen in einem Wohnmobil leben zu müssen. Du kennst sie ja." Er lachte fröhlich. „Sie wird sich schon daran gewöhnen. Aber nun muß ich Schluß machen. Ich werde mich in ein paar Tagen noch einmal melden, um sicherzugehen, daß meine Tochter heil bei euch angekommen ist. In Ordnung?"

„Ja, natürlich. Bitte grüße Tante Merrilyn von mir", sagte Tracy.

„Das mache ich. Und du hast hiermit meine Erlaubnis, Judy gehörig den Marsch dafür zu blasen, daß sie dich so einfach versetzt hat."

„Wie kann ich euch erreichen, wenn es irgendwelche Probleme gibt?" wollte Tracy wissen.

„Du hast doch die New Yorker Nummer. Sie werden die Nachricht an uns weiterleiten. Aber nun mach's gut, Tracy. Und sorg dich nicht um Judy. Sie kann ganz gut auf sich selbst aufpassen."

Er legte auf.

„Und das war's", erzählte Tracy später ihren Freundinnen. „Er sagte, es wäre alles in Ordnung."

„Dann ist doch alles klar", stellte Holly fest. „Wenn nicht einmal ihr Vater sich Sorgen um sie macht, gibt es auch keinen Grund für dich, beunruhigt zu sein."

„Ich weiß, ich weiß", sagte Tracy. „Aber ich muß immer daran denken, daß sie mich nach Harry gefragt hat. Und ihre Stimme hörte sich so komisch an."

„Das liegt sicher an der Zeitverschiebung", meinte Belinda. „Außerdem geht deine Phantasie mit dir durch."

„Die Zeitverschiebung macht Menschen nicht vergeßlich", betonte Tracy. „Es ist mir egal, was andere sagen. Meine Mutter hält Judy vielleicht für zerstreut, und mein Onkel mag glauben, daß sie sich London ansieht, aber ich bin überzeugt davon, daß etwas faul ist. Ich weiß zwar nicht, was es ist, aber ich bin sicher, daß etwas nicht stimmt."
„Was denn zum Beispiel?" fragte Holly.
„Ich weiß es nicht." Tracy sah ihre Freundinnen verzweifelt an. „Warum glaubt mir niemand?"
„Selbst wenn du recht haben solltest", sagte Belinda skeptisch, „was sollen wir tun? Sollen wir nach London fahren und nach ihr suchen? Wir wissen doch nicht einmal, wo sie abgestiegen sind."
„Das ist auch etwas, was mich wundert", sagte Tracy hastig. „Warum hat sie mir nicht gesagt, wo sie untergekommen sind? Und warum hat sie mir nicht gesagt, was sie davon abhält, sofort hierher zu kommen?"
„Sie will sich zuerst London ansehen", entgegnete Belinda entnervt.
„Das hat sie aber nicht gesagt", stellte Tracy fest. „Sie sagte nur, sie könnte nicht reden. Warum nicht?"
„Vielleicht hat dieser Tony Meyer ihr eine Pistole an den Kopf gehalten", sagte Belinda.
Tracy sah sie entsetzt an.
„Das sollte ein Scherz sein", bemerkte Belinda. „Wer weiß, warum sie nicht mit dir reden konnte? Vielleicht hat sie von einem Münzfernsprecher angerufen. Vielleicht hatten sie eine dringende Verabredung. Es gibt unzählige Möglichkeiten, an denen absolut nichts Merkwürdiges zu finden ist."

„Belinda hat recht", sagte Holly. „Dein Onkel hat doch gesagt, er würde in ein paar Tagen wieder anrufen, nicht wahr? Wenn du bis dahin noch nichts von Judy gehört hast, kannst du es ihm sagen. Er wird wissen, was zu tun ist. Er wird sicher wissen, wie er Kontakt zu diesem Tony Meyer aufnehmen kann."

Tracy sah ihre Freundinnen an. „Also gut", sagte sie langsam. „Vielleicht irre ich mich ja. Aber ich verspreche euch eines – wenn ich in zwei Tagen noch nichts von Judy gehört habe, gehe ich zur Polizei." Sie runzelte die Stirn, als sie sah, was für Gesichter ihre Freundinnen bei dieser Ankündigung machten. „Und es ist mir ganz egal, was ihr davon haltet."

Am nächsten Morgen brachte der Postbote ein Päckchen für Tracy, dessen Poststempel so verschmiert war, daß der Absendeort nicht zu erkennen war.

Tracy riß das Packpapier herunter und überlegte, von wem das Päckchen wohl sein mochte. Es war nicht ihr Geburtstag, und sie hatte auch nichts bestellt.

Es waren Pralinen. Eine große weiße Pralinenschachtel mit einer glänzenden Seidenschleife. Das goldgerahmte Etikett verriet ihr, daß diese Schachtel zwei Schichten von erlesenen Zartbitterpralinen enthielt. Zwei Schichten Zartbitterpralinen mit exotischen Fruchtfüllungen.

Tracy starrte auf die Schachtel.

Niemand, der sie kannte, würde ihr Zartbitterschokolade schenken. Selbst ihre entferntesten Bekannten wußten alle, daß sie Zartbitterschokolade nicht ausstehen konnte.

Wer um alles in der Welt ...? fragte Tracy sich.

Unter der Seidenschleife steckte ein kleines Kärtchen. Darauf stand „Behalte sie für dich selbst“, in einer Handschrift, die Tracy sofort erkannte. Unterschrieben war die Nachricht mit „Judy“.
„Siehst du, sie hat ein schlechtes Gewissen, weil sie dich versetzt hat“, sagte Mrs. Foster, als Tracy ihr die Pralinen zeigte. „Sie hat also doch gute Manieren.“
„Aber ich hasse Zartbitterschokolade“, sagte Tracy. „Das weiß sie ganz genau.“
„Es ist der gute Wille, der zählt“, sagte Mrs. Foster. „Vielleicht war dies die einzige Schachtel, die sie finden konnte.“ Sie zuckte die Achseln. „Aber schade ist es schon. Ich mag auch keine Zartbitterschokolade.“
„Was soll ich damit machen?“ fragte Tracy.
„Du kennst doch bestimmt jemanden, der diese Pralinen mag. Was ist mit Belinda? Sie ißt doch alles.“
Tracy runzelte die Stirn. „Wenn Judy glaubt, damit ihren unplanmäßigen Aufenthalt in London wiedergutmachen zu können, irrt sie sich aber“, sagte sie gereizt.
Dieses merkwürdige Geschenk war wirklich irritierend. Je länger Tracy darüber nachdachte, desto mehr wunderte sie sich darüber. Während sie ihrer Mutter im Haushalt half, zog sie immer wieder das Kärtchen hinter der Seidenschleife hervor und betrachtete nachdenklich Judys Worte. Waren es wirklich nur gute Manieren, wie ihre Mutter vermutet hatte? Oder versuchte Judy, ihr auf diesem Weg etwas mitzuteilen? Wie sie es schon mit ihrer Bemerkung über Harry versucht hatte? Es mußte etwas sein, das nur Tracy verstand. Das Problem war jedoch, daß sie es *nicht* verstand. Sie verstand es ganz und gar nicht.

Am frühen Nachmittag war Tracy so verwirrt, daß sie unbedingt mit Holly sprechen mußte. Zugegeben, bisher hatten Holly und Belinda ihre Beunruhigung nicht ernst genommen. Aber jetzt gab es *zwei* merkwürdige Dinge, die besprochen werden mußten.

„Judy hat mir heute ein merkwürdiges Päckchen geschickt", erzählte sie Holly am Telefon. „Ich muß mit dir darüber sprechen."

„Eine Lösegeldforderung?" alberte Holly.

„Das ist nicht komisch", beschwerte sich Tracy.

„Du kannst gern zu mir kommen", sagte Holly. „Hast du Lust, bei mir zu übernachten? Das wird bestimmt lustig. Heute koche ich, und ich könnte etwas Hilfe gebrauchen. Wir fragen Belinda, ob sie auch kommen will, und dann halten wir ein richtiges Mystery-Club-Treffen ab. Schließlich können wir unsere Ferien genießen, auch wenn Judy erst in ein paar Tagen kommt. Und wenn sie sich meldet, während du hier bist, kann deine Mutter ja anrufen und Bescheid sagen."

„Ja, ich komme gern." Tracy entspannte sich ein wenig. „Die Idee ist gar nicht schlecht. Ich würde sonst ja doch nur den ganzen Abend neben dem Telefon stehen und auf einen Anruf von Judy warten."

„Daß sie dir etwas geschickt hat, bedeutet doch zumindest, daß es ihr gutgeht", sagte Holly.

„Da bin ich mir nicht so sicher", stellte Tracy fest. „Ich erkläre es dir, wenn ich bei dir bin. Bis dann."

„Ich rufe inzwischen Belinda an und bitte sie, gleich zu kommen", sagte Holly.

„Ich hoffe, du schaffst es, sie von ihrem Nachmittagsausritt auf Milton abzubringen!"

„Ich werde sie mit Eiskrem bestechen", scherzte Holly. „Das wirkt bestimmt."
Nachdem sie aufgelegt hatte, nahm Tracy die Notiz von Judy aus der Pralinenschachtel und steckte sie in die Tasche.
„Viel Spaß", sagte Mrs. Foster, als Tracy ihr von ihren Plänen berichtete. „Warum nimmst du die Pralinen nicht mit und schenkst sie Hollys Mutter, als kleines Dankeschön, daß du bei ihnen übernachten darfst?"
„Ja", sagte Tracy. „Das ist eine gute Idee. Es wäre schade, sie bei uns alt werden zu lassen." Sie klemmte sich Judys Geschenk unter den Arm und machte sich auf den Weg zu Hollys Haus.

Die Luft war angenehm frisch nach dem Regen des vergangenen Tages. Die dunklen Wolken waren verschwunden, und der Himmel erstrahlte in einem blassen Blau, verziert mit weißen Wölkchen. Belinda war schon am Vormittag zu einem langen Ausritt aufgebrochen. Die Bäche, die sie unterwegs überqueren mußte, führten Hochwasser, und der Boden war aufgeweicht. Belindas Reithose hatte unzählige Schlammspritzer abbekommen.
Ihre Freundinnen hatten gerade die erste Portion Erdbeereis vertilgt, als Belinda eintraf. Sie war außer Atem – nicht nur von ihrem Ritt, sondern auch von der Fahrt zu Holly, denn sie war mit ihrem Mountainbike gekommen.
„Seht euch nur diese Schweinerei an!" sagte sie und versuchte, den weißen Kalkschlamm abzuwischen, der auf ihre braune Reithose gespritzt war. „Das nächste Mal

bleibe ich ganz bestimmt auf den Feldern. Dieses Zeug ist tödlich!"

„Woher kommt das?" fragte Holly. „Das ist doch keine normale Schlammfarbe."

„Ich habe neue Wege erkundet und einen ganzen Haufen leerstehender Häuser entdeckt. Die Einfahrt von einem von ihnen war voll von diesem Zeug. He, habt ihr etwa alles aufgegessen?" rief sie empört, denn ihr war die leere Eispackung auf dem Küchentisch aufgefallen.

„Keine Angst, es ist noch mehr da", beruhigte Holly sie lachend und holte eine neue Packung aus dem Gefrierschrank. „Tracy hat heute morgen ein Päckchen bekommen", berichtete sie und löffelte Eiskrem in drei Schälchen.

„Von Judy", ergänzte Tracy. „Pralinen. Hier ist der Brief, der dabei war." Sie reichte Belinda den Zettel.

„Aus New York?" fragte Belinda und schluckte einen Löffel voll Eis. „Hat sie es vor ihrem Abflug abgeschickt?"

„Nein", antwortete Tracy. „Der Poststempel ist zwar nicht zu entziffern, aber es ist aus England. Das beweist die englische Briefmarke. Das bedeutet auch, daß sie es nach ihrer Ankunft abgeschickt haben muß."

„Ach, jetzt verstehe ich. Damit will sie sich bei uns entschuldigen." Belinda betrachtete die Schachtel. „Zartbitter? Die magst du doch nicht, Tracy, oder?"

„Nein, das ist ja das Merkwürdige. Judy weiß genau, daß ich Zartbitterschokolade nicht mag. Ich bin sicher, daß sie mir damit etwas sagen will, wie auch schon, als sie Harry erwähnte." Tracy sah ihre Freundinnen entschlossen an. „Sie will mir etwas sagen."

„Na gut.“ Holly holte das rote Mystery-Club-Notizbuch hervor. „Laß uns einmal alles aufschreiben, was deiner Meinung nach dafür spricht, daß Judy etwas zugestoßen ist. Eines nach dem anderen.“

„Ein Glück, daß ihr endlich anfangt, mir zu glauben“, sagte Tracy erleichtert.

„Ich bin mir noch nicht sicher, ob ich dir glaube“, stellte Holly fest. „Aber wenn du glaubst, daß etwas nicht stimmt, sollten wir zumindest darüber reden.“ Sie schob die Eispackung zur Seite, um Platz zum Schreiben zu haben. Den Kugelschreiber in der Hand, verkündete sie, „Punkt eins: Judy trifft nicht zur verabredeten Zeit in York ein, obwohl Flugzeug und Züge keine Verspätung haben.“

Belinda fuhr fort. „Zwei: Sie ruft Tracy an und fragt nach einem Hund, von dem sie weiß, daß er gestorben ist.“

„Punkt drei ist besonders wichtig“, sagte Tracy. „Judy benimmt sich nicht so. Ich kenne sie. Ich kann nicht glauben, daß sie uns versetzt hat, nur um einen Stadtbummel zu machen. Ich weiß natürlich, daß manche Leute zu spontanen Entscheidungen neigen, aber Judy hat sich wirklich darauf gefreut, mich wiederzusehen. Das paßt einfach nicht zu ihr.“

„Das ist ein gutes Argument“, entschied Holly und notierte es. „Und jetzt zu Punkt vier – Tracys Päckchen. Eine Schachtel Zartbitterpralinen, abgeschickt in England nach ihrer Landung.“

„Vielleicht sind sie als Dankeschön-Geschenk gedacht“, überlegte Belinda.

„Nicht, wenn sie weiß, daß ich Zartbitterschokolade nicht mag“, stellte Tracy fest.

„Gibt es noch etwas?“ fragte Holly.
„Nein“, antwortete Tracy. „Das ist alles.“
„Gut“, stellte Holly fest. „Und jetzt schreiben wir auf, aus welchen Gründen wir glauben, daß mit Judy alles in Ordnung ist.“
„Sie hat angerufen“, sagte Belinda. „Und sie ist mit diesem Tony Meyer zusammen.“
„Einem Angestellten deines Onkels, zu dem er volles Vertrauen hat“, ergänzte Holly beim Schreiben.
Belinda lud einen Bissen Eis auf ihren Löffel. „Und dein Onkel sagt, sie wäre bei ihm in guten Händen“, fügte sie hinzu. Sie betrachtete die Pralinenschachtel und seufzte. „Ich wünschte, mich würde jemand versetzen und mir dafür Pralinen schicken.“
„Du kriegst sie nicht, also hör auf, sie so gierig anzustarren. Ich will sie Hollys Mutter schenken, wenn sie nach Hause kommt.“ Tracy schaute Holly über die Schulter. „Das sind alle positiven Punkte, die wir haben. Sie überzeugen mich nicht.“
„Ich habe schon öfter festgestellt“, sagte Holly, „daß es das beste ist, sich eine Zeitlang mit etwas anderem zu beschäftigen, wenn es einem nicht gelingt, ein Problem auf Anhieb zu lösen.“
„Und was soll das heißen?“ fragte Tracy.
„Das heißt, daß ich mich bereit erklärt habe, heute für das Abendessen zu sorgen, und daß ich euch beide zu Hilfsköchinnen ernenne.“ Holly grinste fröhlich.

„Darf ich eben zu Hause anrufen?“ fragte Tracy später am Nachmittag. „Man weiß ja nie – vielleicht hat Judy sich schon gemeldet.“

„Natürlich“, sagte Holly. Sie waren mit den Vorbereitungen für das Abendessen fast fertig. „Belinda! Hast du schon wieder genascht?“

„Nein.“ Schuldbewußt legte Belinda die Gabel weg. „Ich habe nur abgeschmeckt.“

Tracy kam vom Telefon zurück. Judy hatte nicht angerufen, und Mrs. Foster hatte versprochen, sich sofort bei ihrer Tochter zu melden, wenn der langersehnte Anruf kam.

„Ich glaube, ich sollte lieber nach Hause fahren“, sagte Tracy. „Nur für den Fall...“

„Für welchen Fall?“ fragte Holly.

„Ich weiß nicht. Vielleicht für den Fall, daß Judy anruft und etwas sagt, das nur ich verstehen kann.“ Sie saß niedergeschlagen am Tisch. „Es ist schrecklich, wenn einem niemand glaubt.“

Belinda legte ihr einen Arm um die Schultern. „Wir glauben dir. Und wenn wir bis morgen nichts von ihr gehört haben, können wir immer noch zur Polizei gehen.“

Tracy sah zu ihr auf. „Ja“, sagte sie. „Das ist das einzig Richtige.“

In diesem Augenblick kam Mrs. Adams aus der Bank nach Hause, in der sie als Filialleiterin arbeitete. Sie freute sich sehr über die Pralinen. „Wie nett von dir. Und dann noch Zartbitter! Tracy, woher wußtest du, daß das meine Lieblingsschokolade ist?“

„Ach, ich habe einfach richtig geraten.“ Tracy lächelte.

„Ich werde sie aufheben, bis ich Zeit habe, die Füße hochzulegen und mir einen guten Film im Fernsehen anzusehen“, freute sich Mrs. Adams.

Auf dem Flur war das Geräusch rennender Füße zu hören, und Hollys jüngerer Bruder Jamie kam in die Küche geschossen.
„Gibt es schon Essen?“ fragte er.
„In zehn Minuten“, erklärte Holly.
„Schön“, sagte Mrs. Adams. „Jamie, wasch dir die Hände und geh dann bitte hinunter und sag deinem Vater, daß das Essen fertig ist. Sag ihm, daß Holly und die Mädchen heute gekocht haben und daß wir alles aufessen, wenn er nicht in drei Minuten hier ist.“ Sie lächelte die Mädchen an. „Auf diese Weise kommt er vielleicht schneller.“
Mr. Adams, der früher als Rechtsanwalt gearbeitet hatte, widmete sich nun ganz der Anfertigung von wundervollen Holzmöbeln, weil er hoffte, daß ihm diese neue Arbeit mehr Zeit für seine Familie ließ. Doch manchmal packte ihn die Begeisterung so sehr, daß er stundenlang in seiner Werkstatt blieb und so alltägliche Dinge wie das Essen einfach vergaß.
Jamie kam wieder, zog seinen Vater am Arm hinter sich her und grinste. „Ich dachte, das wäre die beste Methode, ihn an den Tisch zu bekommen. Dad, ich glaube, du solltest das Essen als erster probieren.“
„Wieso das?“ wunderte sich Holly.
„Ganz einfach“, erwiderte Jamie. „Wenn Dad es überlebt, wissen wir, daß es ungiftig ist.“
„Sehr komisch“, sagte Holly. „Du bist wirklich eine Landplage. Wenn du nichts essen willst, ist im Brotkasten noch ein schöner trockener Kanten, den du dir gern nehmen darfst!“
Mr. Adams machte Jamies Beleidigung wieder gut, indem er die Mädchen für das ausgezeichnete Essen lobte.

Nach dem Essen verpflichtete Mr. Adams Jamie, ihm beim Abwaschen zu helfen, Mrs. Adams setzte sich vor den Fernseher, und die drei Mädchen gingen hinauf in Hollys Zimmer.

„Ich überlege die ganze Zeit, ob Judy wohl angerufen hat", sagte Tracy. „Was ist, wenn sie es versucht und meine Mutter es nicht gehört hat?"

„Das Ganze läßt dir keine Ruhe, nicht wahr?" fragte Holly. „Wenn du so weitermachst, glaube auch ich bald, daß etwas nicht stimmt."

„Darüber können wir uns auch morgen noch den Kopf zerbrechen." Belinda streckte sich auf Hollys Bett aus. „Im Moment bin ich zu satt und zu faul für irgendwelche mysteriösen Geschichten."

„Dann laßt uns doch überlegen, was wir unternehmen werden, sobald Judy hier ist", schlug Holly vor.

„Wenn sie überhaupt kommt", bemerkte Tracy düster.

Sie hörte sich so niedergeschlagen an, daß Holly aufsprang und eine von Tracys Lieblingskassetten einlegte. Das zweite Lied hatte jedoch gerade erst angefangen, als Jamie an die Tür hämmerte.

„Tracy!" rief er. „Telefon! Deine Mutter!"

Tracy sah ihre Freundinnen strahlend an. „Judy!" rief sie und stürzte aus dem Zimmer.

Als Tracy wiederkam, war sie kreidebleich. „Meine Mutter ist kurz weggerufen worden", stammelte sie. „Und als sie wiederkam, hatte jemand das Haus durchwühlt! Ich muß zu ihr. Ich muß sofort nach Hause!"

4

Der Hinweis in der Pralinenschachtel

Die Mädchen sahen einander entsetzt an.
„Warum sollte jemand bei uns einbrechen?" fragte Tracy verzweifelt. „Wir haben nichts Wertvolles. Meine Mutter hat gesagt, sie hätten alle Schubladen herausgerissen und alle Schränke durchwühlt. Das Haus ist vollkommen verwüstet. Meine arme Mutter – sie steht allein vor diesem Chaos. Ich muß sofort zu ihr."
„Schlechte Nachrichten, Tracy?" fragte Mrs. Adams im Vorbeigehen.
„Bei uns ist eingebrochen worden!" stieß Tracy hervor. „Ich muß sofort nach Hause."
„Eingebrochen! Wie schrecklich! Kann ich euch irgendwie helfen?" fragte Mrs. Adams mitfühlend. „Warte einen Moment, ich hole nur meinen Mantel und fahre dich dann nach Hause."
„Wir kommen mit", verkündete Holly. „Wir können beim Aufräumen helfen. Hat deine Mutter die Polizei verständigt?"
„Ich habe vergessen, sie zu fragen!" rief Tracy aus. „Ich werde sie noch einmal anrufen und fragen, ob sie..."

„Tracy“, sagte Hollys Mutter sanft, „deine Mutter wird sicher daran gedacht haben. Sie hat sich bestimmt schon um alles gekümmert.“
Tracy war ein wenig verlegen. „Es tut mir leid. Sie haben recht. Ich mache mir nur Sorgen, weil meine Mom ganz allein zu Hause ist.“ Sie runzelte die Stirn. „Ich *wußte* doch, ich hätte nach Hause fahren sollen. Ich muß geahnt haben, daß so etwas passieren würde.“
Mrs. Adams lächelte, klopfte Tracy auf die Schulter und ging mit den Mädchen hinaus zum Auto.
Sie parkte zwischen zwei Polizeiwagen, die vor dem Haus der Fosters standen.
„Kann ich Ihnen irgendwie helfen?“ fragte Hollys Mutter, als Mrs. Foster ihr bleich und verstört die Tür öffnete.
Doch Tracys Mutter schüttelte den Kopf. „Die Unordnung ist nicht das Schlimmste – das haben wir schnell wieder aufgeräumt. Es ist der Gedanke, daß jemand meine Sachen durchwühlt hat, der mich am meisten belastet!“ Sie bat Mrs. Adams ins Haus und zeigte mit Entsetzen im Gesicht ins Wohnzimmer.
So etwas hatten sie alle noch nie gesehen. Sämtliche Schubladen waren ausgekippt, und von der Couchgarnitur waren die Polster heruntergerissen worden. Es sah aus, als wäre ein Wirbelsturm durch den Raum gefegt.
Tracy schlang ihrer Mutter die Arme um den Hals. „Wie ist das passiert?“ fragte sie verzweifelt. „Wie sind sie hereingekommen?“
„Ich bekam einen Anruf“, sagte Mrs. Foster. „Es hieß, du hättest einen Unfall gehabt und wärst im Krankenhaus. Ich habe natürlich alles stehen- und liegengelassen und

bin hingefahren." Sie fuhr sich mit den Fingern durchs Haar. „Doch im Krankenhaus wußte niemand etwas von dir. Und als ich zurückkam, habe ich das hier vorgefunden."

„Man hat Sie fortgelockt!" stieß Holly empört hervor. „Die Einbrecher haben dafür gesorgt, daß das Haus leer war."

Mrs. Foster ließ sich auf die Kante des Sofas fallen, denn plötzlich zitterten ihr die Knie. „Das war das Schlimmste." Sie hielt Tracys Hände fest. „Das hier ist ja schon schlimm genug, aber mir auch noch einen solchen Schrecken einzujagen…"

„Manche Leute sind wirklich skrupellos", stellte Mrs. Adams fest. „Haben sie viel mitgenommen? Hatten Sie schon Zeit, nachzusehen?"

Mrs. Foster lachte erstickt. „So weit ich sehen konnte, haben sie überhaupt nichts mitgenommen. Der Fernseher ist noch da. Der Videorekorder auch. All die Sachen, die Einbrecher gewöhnlich als erstes einpacken. Es kommt mir beinahe so vor, als wären sie nur hier eingedrungen, um alles zu verwüsten."

Tracy hob eines der Polster auf und legte es wieder auf das Sofa.

„Tracy, nicht!" rief Holly, doch Mrs. Foster unterbrach sie.

„Schon gut, Holly, die Polizisten sind hier fertig." Sie sah ihre Tochter an. „Es tut mir leid, aber oben sieht es noch schlimmer aus. Vor allem in deinem Zimmer. Sie haben jede Schublade ausgeleert und alle Sachen aus unseren Kleiderschränken herausgerissen. Und in der Küche…" Sie schüttelte den Kopf. „Es ist sehr nett von Ihnen, daß

Sie uns helfen wollen", sagte sie zu Mrs. Adams. „Aber im Augenblick gibt es nichts, was Sie für uns tun könnten. Die Polizisten sind immer noch im Haus und machen Fotos, und bevor sie nicht fertig sind, können wir ohnehin nichts tun." Sie wendete sich ihrer Tochter mit zitternder Stimme zu: „So hattest du dir diesen Abend sicher nicht vorgestellt, nicht wahr, mein Liebling?"

„Mach dir um mich keine Sorgen", entgegnete Tracy. „Du bist es, die den größten Schock erlitten hat."

„Wir könnten bleiben", bot Belinda an. „Wir helfen beim Aufräumen, sobald die Polizei fertig ist."

„Das ist nett von euch", bedankte sich Mrs. Foster. „Ich wüßte allein gar nicht, wo ich anfangen sollte."

„Ich werde Holly und Belinda später wieder abholen", sagte Mrs. Adams und legte Tracys Mutter tröstend eine Hand auf die Schulter. „Bitte lassen Sie es mich wissen, wenn ich irgend etwas für Sie tun kann."

Während die Mädchen halfen, im Wohnzimmer wieder alles an seinen Platz zu stellen, streckte ein Polizist den Kopf zur Tür herein. „Wir gehen jetzt", sagte er. „Wenn Sie eine Liste der gestohlenen Gegenstände erstellt haben, melden Sie sich bitte bei uns, Mrs. Foster. Es wird Sie sicher nicht trösten, aber wir sind überzeugt davon, daß dies die Arbeit von Amateuren ist. Profis hätten keine derartige Verwüstung hinterlassen."

„Darf ich jetzt in mein Zimmer gehen?" fragte Tracy.

Der Polizist nickte.

Die drei Freundinnen stiegen die Treppe hinauf und starrten durch die offene Tür in Tracys Zimmer. Mrs. Foster hatte nicht übertrieben, als sie ihnen gesagt hatte,

die Unordnung wäre im Obergeschoß noch viel schlimmer. Sogar Tracys Bett war umgekippt worden, ihr Schreibtisch lag auf der Seite, alle Schubladen hingen heraus, und ihr Inhalt hatte sich über den ganzen Teppich verteilt.
„Das halte ich nicht aus!“ rief Tracy. „Seht euch das an! Seht euch das bloß an!“ Sie brach in Tränen aus.
Holly legte ihr einen Arm um die Schultern. „Warum gehst du nicht nach unten und hilfst deiner Mutter? Wir räumen in der Zwischenzeit hier auf.“
„Nein“, sagte Tracy, bei der die Wut allmählich die Oberhand gewann. „Ihr wißt nicht, wo alles hingehört. Es ist besser, wenn ihr beide hinuntergeht und meiner Mutter helft.“ Sie ließ ihren Blick verbittert über das Chaos wandern. „Wenn ich den erwische, der das getan hat…“, murmelte sie, beendete den Satz jedoch nicht.
Belinda und Holly schlichen bedrückt wieder nach unten. Sie hörten, daß Mrs. Foster die Küche aufräumte. Sie gingen ins Wohnzimmer.
Holly sah aus dem Fenster und runzelte die Stirn. „Das ist doch merkwürdig“, sagte sie.
„Was denn?“ fragte Belinda.
„Das Auto dort drüben.“
Belinda schaute ebenfalls in die Dunkelheit hinaus. Auf der anderen Straßenseite stand ein Auto ohne Licht, in dem jemand saß. Die Mädchen konnten sogar erkennen, daß dieser Jemand zum Haus der Fosters hinübersah.
„Na und?“ sagte Belinda. „Da ist sicher nur jemand neugierig. Du weißt doch, wie sich manche Leute aufführen, wenn sie Polizeiwagen sehen. Sie müssen unbedingt anhalten und gaffen.“

„Aber er war schon hier, als wir kamen“, sagte Holly. „Der Wagen ist mir aufgefallen, als wir aus dem Auto meiner Mutter ausgestiegen sind.“
„Vielleicht ist es ein Reporter“, überlegte Belinda. „Von unserer Lokalzeitung.“
„Warum ist er dann noch nicht herübergekommen?“ fragte Holly. Sie ging auf die Tür zu. „Ich werde ihn mal fragen, was er hier will.“
Belinda beobachtete durchs Wohnzimmerfenster, wie der Lichtschein aus dem Haus durch die geöffnete Tür auf den Weg fiel. Sie sah Holly auf den Fußweg hinausmarschieren. Plötzlich leuchteten die Scheinwerfer des Wagens auf, und Belinda hörte, wie der Motor aufbrüllte. Mit durchdrehenden Rädern schoß der Wagen davon.
Holly kehrte ins Wohnzimmer zurück.
„Du hast ihn verjagt“, stellte Belinda fest. „Hast du ihn gesehen?“
„Nein. Aber ich habe mir die Autonummer gemerkt, nur für alle Fälle.“ Sie zog ihr Notizbuch aus der Tasche und schrieb die Nummer auf. „Und am Heckfenster war ein Aufkleber mit einem karierten Muster. Das werde ich auch aufschreiben. Ach ja, die Reifen sahen komisch aus. Sie waren weiß.“
„Aber der Fahrer hat doch sicher nichts mit dem Einbruch zu tun, oder?“ fragte Belinda. „Er würde doch dann nicht mehr vor dem Haus herumstehen.“
„Das behaupte ich ja gar nicht“, entgegnete Holly. „Aber wenn er schon länger dort gestanden hat, hat er vielleicht etwas gesehen. Wir können der Polizei zumindest seine Autonummer geben. Man weiß ja nie.“

Die beiden Mädchen räumten das Wohnzimmer auf, so gut sie konnten, und gingen dann wieder hinauf, um zu sehen, wie Tracy vorankam.
Holly erzählte ihr von dem Auto vor ihrem Haus, doch Tracy war zu abgelenkt, um sich darauf zu konzentrieren. Sie vermutete genau wie Belinda, daß es sich bei dem Autofahrer nur um einen Schaulustigen gehandelt hatte: „Es ist furchtbar, daß die Leute immer gaffen müssen, wenn andere in Schwierigkeiten sind." Sie hob einen Stapel Papier auf und warf ihn auf ihren Schreibtisch.
„Fehlt etwas?" fragte Belinda.
„Nein, ich glaube nicht", antwortete Tracy. „Was können die Kerle bloß gesucht haben? Wir haben nichts Wertvolles. Wenn meine Mutter einen Kasten voller Schmuck besäße, könnte ich verstehen, daß sie alles durchwühlen, aber ohne Grund?"
„Vielleicht hatten sie doch einen Grund", überlegte Holly. „Es sieht aus, als hätten sie etwas ganz Bestimmtes gesucht. Etwas, das man in einer Schublade oder unter einem Stapel Kleidung verstecken kann."
„Meinst du, jemand hat ihnen *gesagt*, daß hier etwas in der Art zu finden sei?" fragte Belinda.
„Aber was könnte es sein?" überlegte Tracy.
Holly schnappte nach Luft und packte Tracys Arm. „Ein kleines Päckchen", stieß sie hervor. „Wie das Päckchen, das Judy dir geschickt hat."
Hollys Gehirn arbeitete auf Hochtouren. „Vielleicht hattest du von Anfang an recht", sagte sie, und ihre Freundinnen sahen sie mit offenem Mund an. „Vielleicht ist Judy wirklich etwas zugestoßen. Vielleicht ist *in* der Pralinenschachtel noch eine Nachricht für dich. Und viel-

leicht haben die Leute, die sie in ihrer Gewalt haben, herausgefunden, daß sie diese Nachricht abgeschickt hat. Und nun waren sie hier und haben danach gesucht."
„Welche Leute?" entgegnete Tracy. „Sie ist mit Tony Meyer zusammen."
„Bist du sicher?" fragte Holly. „Du kennst seine Stimme doch nicht, oder? Du könntest am Telefon mit irgendwem gesprochen haben. Es ist auch möglich, daß sie Judy und Tony Meyer haben."
Tracy war nicht überzeugt. „Ich weiß nicht, Holly..."
„Ich auch nicht", sagte Holly. „Aber es gibt nur einen Weg, es herauszufinden. Wir müssen in der Pralinenschachtel nachsehen. Und wenn ich falsch liege, werden wir nur Pralinen darin finden."
„Aber wenn du recht hast, bedeutet das, daß Tracy die ganze Zeit auf dem richtigen Weg war", fügte Belinda hinzu. Sie warf Holly einen besorgten Blick zu. „Wir müssen die Schachtel irgendwie von deiner Mutter zurückbekommen."
„Kein Problem", versprach Holly. „Ich rufe sie gleich an und bitte sie, uns abzuholen." Sie sah Tracy an. „Und wenn wir etwas finden, sagen wir dir sofort Bescheid."
Es war jedoch nicht Mrs. Adams, die die Mädchen abholte. Es war Hollys Vater.
„Deine Mutter ist vor dem Fernseher eingeschlafen", erklärte er. „Ich habe es nicht übers Herz gebracht, sie zu wecken."
„Hat sie die Pralinen schon angebrochen?" fragte Holly.
„Welche Pralinen?" wollte ihr Vater wissen.
Doch Holly schüttelte den Kopf. „Ach, unwichtig", sagte sie und warf Belinda einen bedeutsamen Blick zu.

„Ihr zwei seid bestimmt vollkommen fertig", sagte Mr. Adams, als er die Haustür aufschloß. „Am besten geht ihr gleich ins Bett."
Er öffnete die Wohnzimmertür einen Spalt weit und machte sie behutsam wieder zu. „Deine Mutter schläft immer noch. Seid bitte leise. Du weißt ja, wie sie sein kann, wenn man sie bei einem Nickerchen stört."
Enttäuscht schlichen die beiden Mädchen in Hollys Zimmer. Was sollten sie jetzt tun?

„Noch besteht Hoffnung", sagte Holly, als sie und Belinda in ihrem Zimmer saßen. „Ich muß es riskieren, sie zu stören. Wenn ich nicht bald in diese Schachtel sehen kann, werde ich verrückt. Du bleibst hier, und ich schaue nach, ob sie aufgewacht ist. Wenn nicht, werde ich mir einfach die Pralinen schnappen und mich damit davonschleichen, ohne sie zu wecken."
„Du könntest ihr doch eine Tasse Kaffee oder so etwas bringen", schlug Belinda vor. „Dann hast du wenigstens eine Ausrede, sie zu wecken."
„Nein", sagte Holly. „Es ist besser, wenn ich mich hinein- und wieder hinausschleiche. Sie wird nicht einmal merken, daß die Pralinen weg sind. Ich werde höchstens dreißig Sekunden brauchen. Du kannst die Zeit stoppen."
„Das werde ich tun", sagte Belinda und sah auf ihre Uhr. „Und wenn du in einer Minute nicht zurück bist, werde ich eine Suchmannschaft losschicken."
Holly mußte jedoch feststellen, daß es viel schwieriger war, an die Pralinen zu kommen, als sie gedacht hatte.
Mrs. Adams saß vor dem Fernseher, und die Schachtel

stand neben ihrem Ellenbogen. Ihre Augen waren geschlossen, und einen Moment lang hoffte Holly, die Schachtel an sich nehmen zu können, ohne daß ihre Mutter es merkte. Holly fiel auf, daß sie sie noch nicht geöffnet hatte.

Als Holly die Hand ausstreckte, räkelte sich ihre Mutter, seufzte und öffnete die Augen. „Hallo, Holly. Schon zurück?“ Sie unterdrückte ein Gähnen. „Wie spät ist es?“

„Elf“, sagte Holly.

„Ich muß eingenickt sein.“ Sie setzte sich auf und rieb sich die Augen. „Wie sieht es bei den Fosters aus?“

„Ach, es geht. Wir haben fast alles aufgeräumt.“ Holly lächelte. „Hast du deine Pralinen noch gar nicht aufgemacht?“

„Pralinen?“ Mrs. Adams sah hinab auf die Schachtel, die auf der Armlehne ihres Sessels stand. „Ach ja, die hätte ich beinahe vergessen.“ Sie stellte die Schachtel auf ihren Schoß und zog an der Schleife. „Ach, ich weiß nicht“, meinte sie dann. „Ich glaube, ich hebe sie lieber für morgen auf. Wenn ich die Schachtel jetzt noch aufmache, esse ich sicher zuviel davon und kann dann nicht einschlafen.“

„Darf ich sie mir mal ansehen?“ fragte Holly unschuldig.

„Du magst doch keine Zartbitterschokolade“, stellte ihre Mutter fest.

„Ich wollte mir nur die Schachtel ansehen“, sagte Holly.

„Daran ist doch nichts zu sehen“, sagte ihre Mutter.

„Nein. Ich weiß. Aber…“ Holly suchte fieberhaft nach einem guten Grund, ihrer Mutter die Schachtel aus der Hand zu nehmen. „Belinda wollte gern wissen, womit die Pralinen gefüllt sind.“

Mrs. Adams lachte. „Jetzt verstehe ich. Belinda interessiert sich dafür? In diesem Fall nimmst du ihr am besten ein paar Pralinen mit nach oben."
„Kann ich nicht die ganze Schachtel mitnehmen?"
„O nein", sagte Mrs. Adams entschieden. „Ich werde Belinda bestimmt nicht die ganze Schachtel in den Rachen werfen. Du kannst ein paar Pralinen für sie aussuchen."
„Aber ich weiß doch nicht, welche Füllungen sie mag", brachte Holly verzweifelt hervor.
„Dann sag ihr, sie soll herunterkommen und selbst wählen", entschied ihre Mutter.
„Ja, gut", sagte Holly und zog sich zurück. „Ich werde es ihr sagen." Sie rannte die Treppe hinauf.
„Viereinhalb Minuten", verkündete Belinda nach einem Blick auf ihre Uhr. „Wo sind sie?"
Holly erzählte ihr, was passiert war.
„Du bist ein hoffnungsloser Fall", sagte Belinda. „Und jetzt darf ich mir vermutlich einen neuen Plan ausdenken?" Sie wälzte sich von Hollys Bett. „Belinda rettet die Situation", sagte sie und drehte die Augen zur Decke. „Wie immer."
Sie ging nach unten.
„Hallo, Mrs. Adams", sagte sie und lächelte strahlend.
Mrs. Adams lachte und hielt Belinda die noch immer ungeöffnete Schachtel hin. „Wenn du meinst, daß du sie magst, kannst du dir gern drei oder vier von den Pralinen nehmen", bot sie ihr an. „Es sind aber auch noch Schokoladenplätzchen da. Sie sind in der Dose in der Küche."
„Eigentlich", begann Belinda, „habe ich gar keinen Hunger."

Mrs. Adams sah sie überrascht an. „Bist du krank?"
Belinda lächelte. „Nein", sagte sie. „Aber... ach, ich mag es Ihnen gar nicht sagen."
„Was denn?" fragte Mrs. Adams verwundert.
„Es geht um die Pralinen. Wir hatten gehofft, sie uns holen zu können, ohne daß Sie etwas merken. Es ist nicht Tracys Schuld. Sie wußte es nicht, als sie sie Ihnen schenkte, das ist alles."
„Du sprichst in Rätseln, Belinda", stellte Mrs. Adams fest. „Stimmt etwas nicht mit den Pralinen?"
„Sie gehören Tracys Mutter", stieß Belinda hastig hervor. „Es war ein Irrtum. Tracy hat sie im Küchenschrank entdeckt und gedacht..." Sie sprach den Satz nicht zu Ende.
„Warum hat mir Holly das nicht gesagt?" wunderte sich Mrs. Adams. „Manchmal seid ihr Mädchen wirklich albern." Sie gab Belinda die Pralinenschachtel.
„Es tut mir leid", sagte Belinda. „Tracy wollte Ihnen so gern ein Geschenk machen."
„Aber das macht doch nichts", sagte Mrs. Adams. „Es macht mir nichts aus. Wirklich nicht. Und sag Tracy doch bitte, daß sie mir nichts zu schenken braucht."
Belinda zog sich zurück, bevor Mrs. Adams auf die Idee kam, ihr unbequeme Fragen zu stellen, und rannte die Treppe hinauf.
„Du hast sie!" rief Holly bewundernd. „Wie hast du das gemacht?"
„Frag lieber nicht. Die Hauptsache ist, daß ich sie habe." Belinda gab Holly die Schachtel. „Mach du sie auf."
„Du bist genial." Holly zog an der Schleife.
„Endlich bemerkt es mal jemand", sagte Belinda lachend. Holly streifte die Schleife ab und hob den Deckel an.

Obenauf lag ein geknittertes Blatt Pergamentpapier. Holly nahm es heraus.
„Toll", sagte Belinda. „Jetzt wissen wir endlich, womit die verschiedenen Pralinen gefüllt sind." Die oberste Schicht sah ganz normal aus.
„Vielleicht hat Judy mit unsichtbarer Tinte etwas auf dieses Deckblatt geschrieben?" sagte Holly und hielt das Papier gegen das Licht.
„Sei nicht albern", bemerkte Belinda. „Hatten wir uns nicht darauf geeinigt, daß dies das letzte war, was sie tun konnte, bevor sie von jemandem verschleppt wurde? Glaubst du wirklich, sie hatte auch noch Zeit, loszugehen und sich Geheimtinte zu besorgen?"
„Es war ja nur ein Gedanke", rechtfertigte Holly sich. „Vielleicht ist etwas unter dieser Schicht Pralinen."
„Ja", sagte Belinda trocken. „Eine zweite Schicht." Sie wählte eine Praline, auf der eine Mandel klebte, und biß hinein. „Hmmm", sagte sie. „Nicht schlecht."
„Belinda! Ich glaube nicht, daß wir sie essen sollten!"
„Ich überprüfe nur, ob Judy etwas in den Pralinen versteckt hat", entgegnete Belinda und grinste. „Laß mich noch eine prüfen."
„Nein. Finger weg!" Holly hob die obere Schicht Pralinen aus der Schachtel.
Beide starrten auf das, was eigentlich die zweite Schicht hätte sein müssen. Doch in der Schachtel waren keine Pralinen mehr, sondern nur ein in eine Serviette gewickelter Gegenstand.
„Wer hätte das gedacht?" flüsterte Belinda. „Es ist tatsächlich etwas drin. Ich kann es kaum glauben."
Holly nahm das kleine Päckchen mit spitzen Fingern aus

der Schachtel und sah Belinda an. „Was glaubst du?" fragte sie.

„Mach es einfach auf", sagte Belinda.

„Ich hoffe, es ist keine Bombe", bemerkte Holly nervös und hielt das Serviettenpäckchen mit beiden Händen fest. „Es ist ziemlich schwer."

„Judy wird Tracy wohl kaum eine Bombe schicken", stellte Belinda ungeduldig fest. „Gib es mir." Sie schnappte sich das Päckchen und riß die Serviette auf. „Siehst du? Es ist… es ist… oooh! Holly, sieh nur!"

Lichtreflexe funkelten auf der kunstvollen Halskette, die in der zerrissenen Papierserviette lag. Es war eine wundervolle, mit Diamanten und Rubinen besetzte Kette, wie für eine Prinzessin geschaffen.

Die beiden Mädchen sahen einander sprachlos an, und die traumhaften Juwelen leuchteten und funkelten in Belindas zitternden Händen.

5

Tracy entkommt in letzter Sekunde

Holly nahm Belinda die funkelnde Halskette aus der Hand. „Sie ist traumhaft", stieß sie atemlos hervor. „Einfach traumhaft." Holly ließ die Kette durch ihre Finger gleiten, und die in Silber filigran gefaßten Diamanten und Rubine glitzerten im Licht.
Ein paar Augenblicke lang konnten die Mädchen nichts anderes tun, als das wundervolle Schmuckstück anzusehen. Es schien alles Licht in Hollys Zimmer magisch anzuziehen, um es funkelnd wieder in den Raum zurückzuwerfen.
Belinda fuhr sich nervös mit der Zunge über die Lippen. „Dir ist doch sicher klar, daß dies keine echten Diamanten sind, nicht wahr?" fragte sie.
Holly schaffte es, ihren Blick von den glitzernden Edelsteinen loszureißen und Belinda anzusehen. „Ja, natürlich", sagte sie. „Die Kette muß aus der Kollektion von Tracys Onkel stammen. Aber trotzdem..."
„Beeindruckend", stellte Belinda fest. „Ich finde, man sieht gar nicht, daß sie unecht ist."
„Das ist ja auch der Sinn der Sache", bemerkte Holly.

„Wenn sie unecht aussähe, würde sie bestimmt niemand tragen wollen."
„Auf die Gefahr hin, dämlich zu erscheinen: Was hat diese Kette in einer Pralinenschachtel zu suchen?" fragte Belinda.
Holly schaute in die leere Schachtel, in der Hoffnung, eine Nachricht von Judy darin zu finden, die ihnen half, das Rätsel zu lösen. Doch die Schachtel war vollkommen leer.
„Vielleicht wollte Judy sie in Sicherheit bringen", überlegte Holly.
„Wahrscheinlich", stimmte Belinda ihr zu. „Aber vor wem? Und warum sollte Judy sie ausgerechnet an Tracy schicken?"
„Tracy!" rief Holly aus. „Wir haben ihr doch versprochen, sie sofort anzurufen, sobald wir etwas gefunden haben." Sie legte die Kette vorsichtig zurück auf die Serviette. „Ich werde es jetzt tun."
Doch auf der Treppe traf sie auf ihren Vater.
„Du bist immer noch auf?" fragte er. „Weißt du nicht, wie spät es ist?"
Holly sah auf ihre Uhr. Es war fast Mitternacht. „Ich wollte nur eben Tracy anrufen. Nur, um zu fragen, ob alles in Ordnung ist."
„Ich fürchte, du wirst dich unbeliebt machen, wenn du mitten in der Nacht bei ihr anrufst", bemerkte Mr. Adams. „An deiner Stelle würde ich lieber bis morgen früh warten. Tracy und ihre Mutter sind bestimmt längst im Bett."
Holly sah ihn voller Zweifel an. „Ja... wahrscheinlich hast du recht."

„Dann komm jetzt", sagte ihr Vater. „Ins Bett mit dir. Ich habe schon abgeschlossen und alle Lampen ausgemacht." Er legte ihr einen Arm um die Schultern und führte sie die Treppe hinauf. „Seht zu, daß ihr etwas Schlaf bekommt, ihr beide", sagte er und lächelte. „Und liegt nicht die ganze Nacht wach und lauscht auf Einbrecher."
Holly nickte, wünschte ihrem Vater eine gute Nacht und ging zurück in ihr Zimmer.
„Es hat nicht geklappt", berichtete sie Belinda. „Es ist zu spät, um sie jetzt noch anzurufen. Was machst du da?"
Belinda stand vor dem Spiegel und hielt sich die Kette an den Hals. „Ach, nichts", sagte sie verlegen. „Na gut, ich wollte mal sehen, wie mir die Kette steht."
„Ohne dieses schäbige alte Sweatshirt würde sie dir viel besser stehen", stellte Holly fest. „Zu so einer Kette mußt du richtig schicke Klamotten tragen."
„Ich habe schicke Klamotten", verteidigte Belinda sich. „Mein Schrank ist voll davon, ich ziehe sie nur nie an. Meine Mutter kauft sie, ich probiere sie einmal an, um sie glücklich zu machen, und dann", Belinda grinste fröhlich, „stopfe ich sie in meinen Kleiderschrank und versuche, sie zu vergessen."
Holly hängte die Kette über ihren Spiegel, und die Mädchen machten sich bereit fürs Bett.
Von ihren Betten aus konnten sie die Kette im weichen Licht von Hollys Nachttischlampe schimmern sehen.
„Weißt du noch, wie Tracy uns von der neuen Kollektion ihres Onkels erzählt hat?" fragte Holly. „Für die hat er sich doch Juwelen aus Thailand geliehen? Was meinst du, ob die Kette aus dieser Kollektion stammt? Ich finde, sie ist genau das Richtige für eine thailändische Königin."

„Kann sein", murmelte Belinda schläfrig. „Wieviel ist Modeschmuck wert?"
„Keine Ahnung. Ich weiß nur, daß die Kette ein Vermögen wert wäre, wenn sie echt wäre."
Belinda kicherte. „Ich habe mir gerade das Gesicht meiner Mutter vorgestellt, wenn ich mit dieser Kette auf ihrer Wohltätigkeitsparty erscheinen würde."
„Das solltest du lieber nicht tun", sagte Holly. „Wenn sie zu Scheherazades neuer Kollektion gehört, ist sie streng geheim. Du weißt doch, was Tracy gesagt hat. Alle neuen Entwürfe werden geheimgehalten, damit die Konkurrenz sie nicht in die Finger bekommt und als ihr eigenes Produkt auf den Markt bringt."
Belinda setzte sich auf. „Das könnte es sein!" sagte sie. „Glaubst du wirklich, daß diese Kette ein ganz neuer Entwurf ist, den niemand sehen soll?" Sie sah Holly erwartungsvoll an. „Das würde erklären, warum Judy die Kette an Tracy geschickt hat."
„Tatsächlich?" fragte Holly. „Wieso denn?"
„Ganz einfach", sagte Belinda. „Stell dir vor, Judy und... wie hieß er doch gleich? Der Mann, der mit ihr gekommen ist?"
„Tony Meyer."
„Genau der. Also, Judy und Tony Meyer kommen nach London. Wir wissen, daß Tony Meyer hier geschäftlich zu tun hatte. Und wenn er die neuen Entwürfe von Scheherazade verkaufen sollte, hätte er doch sicher ein Muster bei sich, nicht wahr?"
„Bis jetzt kann ich dir folgen", sagte Holly.
„Schön", fuhr Belinda fort und ihre Augen funkelten. „Was ist, wenn er auf einen Spion oder so etwas von der

Konkurrenz gestoßen ist? Jemand, der vielleicht mit ihnen im Flugzeug war? Der gewartet hat, bis sie in London waren, um sich dann den Entwurf zu schnappen?"
„Und Judy und Tony Meyer haben es gemerkt", fuhr Holly fort. „Doch es blieb ihnen nur wenig Zeit, das Schmuckstück verschwinden zu lassen."
„Genau!" rief Belinda und hüpfte aufgeregt auf dem Bett herum. „Sie hatten gerade noch genug Zeit, die Kette in die Pralinenschachtel zu stecken und an Tracy zu schikken, bevor die Spione sie geschnappt haben. Und die haben sie gefangengehalten, bis sie verraten haben, wo die Kette geblieben ist."
„Aber was ist mit dem Anruf?" gab Holly zu bedenken.
„Er war gestellt", sagte Belinda. „Genau, wie Tracy es die ganze Zeit behauptet hat. Die beiden waren schon gefangen, als sie angerufen haben. Judy hat ihnen wahrscheinlich erzählt, daß sie hier erwartet würde, und deshalb haben sie sie gezwungen, Tracy anzurufen, damit sie nicht mißtrauisch wird."
Holly sah ihre Freundin entsetzt an. „Und dann haben sie auf der Suche nach dem Päckchen Tracys Haus durchwühlt – genau, wie wir vermutet haben."
„Aber sie haben es nicht gefunden", triumphierte Belinda. „Weil Tracy es hierher mitgenommen hatte, ohne zu wissen, was es enthielt. Es paßt alles zusammen."
„Ja, natürlich!" rief Holly aus. „Tracy hat doch erzählt, daß jemand die Entwürfe ihres Onkels stiehlt." Sie atmete hörbar aus und sah zu der schimmernden Halskette hinüber. „Und jetzt haben wir sie." Sie schaute Belinda beunruhigt an. „Ein Glück, daß niemand weiß, daß *wir* sie haben. Was sollen wir damit machen?"

„Sie verstecken“, entschied Belinda. „Und gleich morgen früh holen wir Tracy ab und gehen zur Polizei.“
Jemand klopfte an die Tür. „Schlaft ihr immer noch nicht?“ rief Mrs. Adams. „Es ist schon nach zwölf.“
„Schon gut“, rief Holly. „Wir wollten gerade das Licht ausmachen.“
Die beiden lagen schweigend in der Dunkelheit und lauschten, wie Mrs. Adams ins Schlafzimmer ging.
„Wo können wir sie verstecken?“ flüsterte Holly. „Wenn diese Leute schon in Willow Dale sind, werden sie nicht lange brauchen, um herauszufinden, daß wir Tracys Freundinnen sind. Und dann brauchen sie nur noch zwei und zwei zusammenzuzählen.“
„Ich habe eine Idee“, wisperte Belinda. „Mein Vater hat einen Wandtresor. Wir können die Kette morgen dort hineinlegen. Da ist sie absolut sicher, bis wir bei der Polizei waren.“
„Gute Idee“, flüsterte Holly. „Das machen wir morgen als allererstes. Ich will das Ding nicht länger im Haus haben als unbedingt nötig.“

Nachdem Tracy sich von ihren Freundinnen verabschiedet hatte, kehrte sie in die Küche zurück. Ihre Mutter stand erschöpft in der Küchentür.
„Wollen wir schlafen gehen?“ fragte Tracy. „Heute können wir doch nicht mehr viel tun.“ Sie lächelte schwach. „Außerdem bin ich fix und fertig.“ Sie seufzte. „Und du siehst aus, als ginge es dir genauso.“
„Ich glaube nicht, daß ich jetzt schlafen kann“, erwiderte Mrs. Foster. „Diese ganze Sache hat mich so aufgeregt, daß ich bestimmt kein Auge zumachen werde.“

„Ich habe eine Idee", sagte Tracy. „Ich werde uns ein Glas warme Milch machen. Das wird uns beim Einschlafen helfen." Sie hakte sich bei ihrer Mutter ein, und die beiden gingen in die Küche. „Setz dich hin", befahl Tracy ihrer Mutter sanft. „Ich mache die Milch warm."
Mrs. Foster hatte dafür gesorgt, daß es in der Küche fast wieder so ordentlich war wie immer.
„Du bist ein liebes Mädchen", sagte Mrs. Foster.
„Ja, nicht wahr?" erwiderte Tracy mit einem Grinsen. „Das Kompliment gebe ich dir gern zurück." Sie öffnete den Kühlschrank. „Oh, toll", sagte sie. „Wir haben keine Milch mehr. Das ist wieder einmal typisch."
„Das macht doch nichts", sagte Mrs. Foster. „Es war zumindest eine gute Idee."
„Es ist immer noch eine gute Idee", sagte Tracy. „Warte hier. Es wird nur ein paar Minuten dauern."
„Was hast du vor?"
„Ich gehe eben zu dem Laden an der Ecke", sagte Tracy und zog ihren Anorak über. „Er hat durchgehend geöffnet. Ich flitze schnell hin und hole einen Liter Milch."
Mrs. Foster war zu müde, um mit ihr zu streiten. „Paß auf dich auf", sagte sie nur.
„Ich bin gleich wieder da", versprach Tracy.

Die Straßenlaternen warfen helle Kreise auf den nassen Asphalt. Der Laden war nur ein paar hundert Meter entfernt, doch an diesem Abend empfand Tracy den Schatten jedes Baumes als Bedrohung. Die Büsche in den Vorgärten wirkten auf sie wie geduckte Gestalten, und aus jeder dunklen Toreinfahrt schienen sie finstere Augen anzustarren.

„Reiß dich zusammen“, befahl sie sich selbst. Aber es herrschte eine unheimliche Stille. Es war kalt, und Tracy schauderte, als sie mit ihrer Milchpackung unter dem Arm heimwärts rannte. Sie hatte die Kapuze über dem Kopf und war in Gedanken noch bei dem Einbruch, deshalb bemerkte sie das Auto gar nicht, das mit abgeblendeten Scheinwerfern in ihre Straße einbog. Doch plötzlich beschleunigte der Wagen und fuhr direkt vor ihr auf den Gehsteig.

Die hintere Tür wurde aufgestoßen, eine Hand schoß heraus und packte Tracys Arm. Sie spürte, wie sich spitze Finger unter dem Anorak in ihr Fleisch gruben. Die Finger glitten ab, faßten noch einmal nach und versuchten, sie in den Wagen hineinzuziehen.

Tracy spürte, wie ihr die Füße wegrutschten. Sie verlor das Gleichgewicht. Im Innern des Autos war es dunkel, und obwohl sie sehen konnte, daß es die Hand eines Mannes war, war es ihr doch unmöglich, ihn zu erkennen. Die Angst verlieh Tracy zusätzliche Kraft. Sie drehte sich zur Seite und versuchte, sich loszureißen.

Vom Fahrersitz ertönte eine harte Männerstimme mit einem amerikanischen Akzent: „Laß sie nicht abhauen, du Idiot!“

„Halt die Schnauze!“ Ein englischer Akzent. Eine tiefe, ärgerliche Stimme vom Rücksitz. Die Hand, die sie festhielt, war knochig und von Adern durchzogen. „Hilf mir, ich kann sie nicht halten.“

Die knochigen Finger glitten an dem glatten Stoff von Tracys Anorak ab. Eine zweite Hand kam schlangengleich aus dem dunklen Innern des Wagens hervorgeschossen. Im Schein der Straßenlaterne konnte Tracy

Ringe aufblitzen sehen. Ihr war klar, daß sie verloren war, wenn der Fahrer sie ebenfalls zu fassen bekam. Dies war ihre letzte Chance.
Sie trat mit aller Kraft nach der knochigen Hand, und ihre Schuhspitze traf das Handgelenk des Mannes. Er stieß einen Schmerzensschrei aus und lockerte für den Bruchteil einer Sekunde seinen Griff.
Das reichte Tracy. Sie riß sich los und rannte davon. Bis zur nächsten Straßenecke war es nicht weit, aber es kam Tracy vor, als wäre es ein ganzer Kilometer. Sie überlegte kurz, bog in einen Fußweg ein und rannte, so schnell sie konnte. Auf diesem Weg konnten sie ihr mit dem Auto nicht folgen. Sie würden aussteigen müssen.
Sie wollte gerade über eine niedrige Mauer flanken, als sie hinter sich, am Anfang des Weges, die Bremsen quietschen hörte. Ihr schlug das Herz bis zum Hals, doch anstatt sie zu verfolgen, gaben die Männer Gas und fuhren davon. Tracy holte mehrmals tief Luft und versuchte, sich zu beruhigen. Sie horchte angespannt und war bereit, beim leisesten Geräusch in Deckung zu gehen. Doch es war alles still. Waren sie fort? Oder wartete einer von ihnen vorn am Weg auf sie? Vorsichtig wie eine Katze schlich Tracy wieder zurück zur Straße. Stand dort jemand im Schatten? Nein. Es war nur ein Rosenstrauch.
Mit einem erleichterten Seufzer erreichte Tracy die Straße. Sie waren wirklich fort. Wer immer sie auch gewesen sein mochten und was immer sie auch gewollt hatten, sie waren fort. Tracy rannte nach Hause. Sie verriegelte die Haustür hinter sich.
„Mom?“

Keine Antwort. Panik stieg erneut in ihr auf. Sie umklammerte die Milchpackung und rannte in die Küche. Ihre Mutter saß am Küchentisch, mit dem Kopf auf den Armen. Tracy stieß einen erleichterten Seufzer aus. Die Aufregung des vergangenen Tages hatte schließlich ihren Tribut gefordert, und Mrs. Foster war am Küchentisch eingeschlafen.

Tracy schüttelte sie sanft. „Mom?"

Mrs. Foster schreckte auf. „Huch! Tracy!" Sie rieb sich die Augen. „Anscheinend brauche ich die warme Milch nun doch nicht. Ich bin vollkommen erledigt."

Tracy sah ihre Mutter mitfühlend an und beschloß, ihr nicht zu erzählen, was sie gerade erlebt hatte. Sie würde es ihr am nächsten Morgen sagen. Das war früh genug.

Mrs. Foster stand auf. „Ich werde nur noch nachsehen, ob alles abgeschlossen ist", sagte sie.

„Nein, das wirst du nicht tun", entschied Tracy streng. „Du gehst ins Bett. Überlaß alles andere mir."

Mrs. Foster nickte erschöpft und ging nach oben.

Tracy vergewisserte sich, daß alle Fenster geschlossen und verriegelt waren und schloß auch die Eingangstüren ab. Erst dann war sie sicher, daß niemand unbefugt das Haus betreten konnte.

Wenige Minuten später lag sie im Bett und dachte an die Männer in dem Auto. Es waren zwei gewesen, der Fahrer und der, der sie gepackt hatte. Sie schloß die Augen und versuchte, sich an alle Einzelheiten zu erinnern. Zwei Männer. Ein Amerikaner auf dem Fahrersitz und ein Engländer hinten.

Was hatten sie von ihr gewollt? Sie hatten versucht, sie ins Auto zu zerren… aber warum? Um sie zu entfüh-

ren? Das war lächerlich. Ihre Mutter hatte kein Geld, und weder sie noch ihre Mutter besaßen irgend etwas Wertvolles.
Oder vielleicht doch? Das Päckchen. Das Päckchen von Judy. Tracy dachte angestrengt nach. Natürlich! Ihre Freundinnen hatten schon vermutet, daß der Einbruch etwas mit Judys mysteriösem Päckchen zu tun hatte. Tracy war überzeugt davon, daß der Entführungsversuch diese Theorie bestätigte.
Sie wollten das Päckchen haben. Es war ihnen so wichtig, daß sie dafür sogar eine Entführung riskierten. Doch wenn sie sogar dazu bereit waren, was mochten sie dann Judy angetan haben? Sie wußten, daß Judy ihr das Päckchen geschickt hatte. Und das konnten sie nur wissen, wenn sie Judy bereits *hatten.*
„Ich hatte recht", murmelte Tracy zu sich selbst. „Ich hatte die ganze Zeit recht, und keiner hat mir geglaubt."
Sie setzte sich im Bett auf. Jetzt mußten sie ihr glauben. Irgend jemand würde ihr glauben müssen. Onkel Jason würde ihr auf jeden Fall glauben.
Tracy verzog ärgerlich das Gesicht. Onkel Jason und Tante Merrilyn waren irgendwo in den Catskill-Bergen unterwegs und nicht zu erreichen. Doch sie hatte die Telefonnummer, die Tony Meyer ihr gegeben hatte. Wenn sie eine Nachricht in New York hinterließ – eine Nachricht, die Onkel Jason sagte, daß Judy in Gefahr war – würde er auf jeden Fall etwas unternehmen.
Tracy schaltete ihre Nachttischlampe ein und griff nach ihrer Uhr. Wie war das doch gleich mit den Zeitzonen zwischen England und Amerika? In New York war es vier, nein, fünf Stunden früher als in England. Wenn in

England also Mitternacht war – sie sah auf ihre Uhr: schon halb eins! Also halb eins hier, dann war es in New York jetzt neunzehn Uhr dreißig.
Sie wußte nicht, ob die Nummer zu einem privaten oder einem Geschäftsanschluß gehörte. Doch es war anzunehmen, daß die meiste Zeit jemand in der Nähe dieses Telefons war; was nutzte eine Telefonnummer für Notfälle, wenn man in einem Notfall niemanden erreichte?
Tracy schlich auf Zehenspitzen nach unten, um ihre Mutter nicht zu stören, und ging in das kleine Hinterzimmer, das ihre Mutter als Büro benutzte. Die Vorhänge waren nicht zugezogen, und das schwache Licht von der Straße reichte aus, um den Zettel mit der Nummer zu finden und sie zu wählen.
Sie lauschte dem Summen der Leitung. Wenn es eine Geschäftsnummer war, würde sie wahrscheinlich nur den Anrufbeantworter erreichen. Sie versuchte sich zu überlegen, welche Nachricht sie auf das Band sprechen sollte. „Hier ist Tracy Foster aus England. Bitte rufen Sie mich umgehend zurück."
Sie atmete erleichtert aus, als das Summen aufhörte und sich jemand meldete.
„Hallo?" Tracys Hand umkrampfte den Hörer, und sie war froh über den amerikanischen Akzent des Mannes am anderen Ende der Leitung.
„Ich möchte bitte Jason Stern sprechen", sagte sie. „Es ist sehr wichtig."
„Es tut mir leid, Mr. Stern ist verreist. Wer spricht dort bitte?"
„Mein Name ist Tracy Foster. Ich rufe aus England an. Ich bin die Nichte von Mr. Stern."

„Aha", sagte die Stimme unbeeindruckt. „Soll ich Mr. Stern etwas ausrichten, wenn er sich das nächstemal meldet?"
„Ja, bitte", sagte Tracy. „Es geht um seine Tochter. Sie sollte eigentlich bei mir sein, aber ihr ist etwas passiert." Sie sprach immer schneller, und erzählte dem Mann die ganze Geschichte, einschließlich des Einbruchs und der versuchten Entführung. „Ich bin sicher, daß Judy in ernster Gefahr schwebt! Bitte sagen Sie meinem Onkel, daß ich mich an die hiesige Polizei wenden werde."
„Ich denke, Sie sollten die Antwort Ihres Onkels abwarten, bevor Sie etwas Derartiges unternehmen", erwiderte die Stimme gelassen. „Sie würden sich nur lächerlich machen, wenn sich herausstellte, daß Miss Stern lediglich ein paar Tage Urlaub in London macht."
Tracy starrte das Telefon an. Hatte der Kerl ihr überhaupt zugehört? Hatte er ein Wort von dem verstanden, was sie gesagt hatte?
„Ich *weiß*, daß etwas nicht stimmt", rief sie erregt ins Telefon.
„Sie müssen sich irren", sagte die Stimme. „Ich habe vor weniger als zwei Stunden mit Mr. Meyer telefoniert, und er hat mir erzählt, daß sie sich die Sehenswürdigkeiten von London anschauen."
„Sie haben mit ihm gesprochen?" stieß Tracy ungläubig hervor. „Sie wissen, wo sie sind?"
„Natürlich. Sie sind in einem Hotel abgestiegen. Es gibt überhaupt keinen Grund zur Beunruhigung."
„In welchem Hotel?" fragte Tracy.
„Tut mir leid. Das hat er nicht erwähnt. Hören Sie, Miss Foster, ich werde versuchen, Mr. Stern zu erreichen. Das

Beste wird sein, Sie warten ab, bis er sich bei Ihnen meldet."
Irgend etwas daran stimmte nicht. Es paßte nicht zu den Vorkommnissen der letzten Tage.
„Ja, da haben Sie recht", sagte sie betont ruhig. „Aber ich hätte noch eine letzte Frage, die Sie mir vielleicht beantworten können: Judy erzählte mir, daß ihr Hund Harry krank ist. Wissen Sie vielleicht, ob es ihm inzwischen wieder bessergeht?"
„Harry? Ja, es geht ihm gut. Er ist vollkommen in Ordnung."
Tracy legte den Hörer auf.
Sie schaute auf den Block hinunter, auf dem die Nummer stand. Die Nummer für Notfälle, die der angebliche Tony Meyer ihr gegeben hatte. Sie war falsch. Judy hatte genausowenig einen kranken Hund namens Harry wie Tracy. Das Ganze war ein abgekartetes Spiel, um sie in die Irre zu führen. Judy war wirklich in Gefahr. Aber was konnte sie jetzt noch tun?
„Denk nach, Tracy, *denk nach*", befahl sie sich selbst.
Durch das Fenster bemerkte sie einen Lichtstrahl. Einen Lichtstrahl, der sich hinter dem Haus entlangbewegte. Eine Taschenlampe? Sie flackerte und erlosch. Wenige Sekunden später wurde sie wieder eingeschaltet.
In jeder anderen Nacht hätte Tracy vermutet, daß es ein Nachbar war, der seine Katze suchte. Doch in jeder anderen Nacht hätte sie im Bett gelegen und geschlafen und wäre nicht nach einem Einbruch und einer versuchten Entführung im Haus herumgewandert. Und kein Nachbar würde nachts um Viertel vor eins auf die Suche nach seiner Katze gehen.

Tracy begann zu schwitzen. Sie hatte Angst, und der Lichtstrahl der Taschenlampe kam näher. Sie schlüpfte hinter den schweren Samtvorhang, um sich zu verstekken. Gerade rechtzeitig. Der Lichtkegel der Taschenlampe fuhr durch den Raum und verschwand dann wieder.

Tracy wagte kaum zu atmen. Vorsichtig schob sie ihren Kopf zentimeterweise hinter dem Vorhang hervor, um zu sehen, wohin das Licht verschwunden war.

Dann sah sie ihn. Jemand in einer dunklen Hose, der sich gegen das schwache Licht der gegenüberliegenden Häuser abzeichnete. Er starrte nach oben. Zu Tracys Zimmer.

Von ihrem Versteck aus konnte sie die dunkle Außenwand der Küche und einen kleinen Teil des Gartens sehen. Außerdem sah sie ein Stück des Daches über der Küche, das niedriger war als das des übrigen Hauses, und sie sah das Fallrohr, das an der Hauswand nach oben führte.

Der Einbrecher zog prüfend am Fallrohr, überlegte es sich dann anders, holte sich eine Mülltonne aus Kunststoff und stieg von ihr aus auf das Küchendach, das zu Tracys Zimmer hinaufführte.

6

Ein nächtlicher Störenfried

Tracy schlüpfte wieder hinter den Vorhang, streckte eine Hand aus und tastete nach dem Telefon. Blind wählte sie die Notrufnummer.
Plötzlich wurde im Zimmer ihrer Mutter das Licht eingeschaltet und beleuchtete den Einbrecher. Er sprang von der Mülltonne und verschwand in der Dunkelheit. In einiger Entfernung hörte Tracy ein Auto anspringen und davonfahren. Sie legte den Telefonhörer wieder auf und zog die Vorhänge zu, bevor sie die Schreibtischlampe anschaltete.
„Tracy?"
Im Flur brannte nun ebenfalls das Licht, und ihre Mutter stand mit zerzaustem Haar in der Tür zum Arbeitszimmer. „Was machst du hier? Du hast mich fast zu Tode erschreckt!"
„Ich… ich wollte gerade die Polizei anrufen." Tracy ärgerte sich darüber, wie ihre Stimme zitterte. „Ich konnte nicht schlafen und bin heruntergekommen, um mir etwas zu trinken zu holen." Sie wollte ihrer Mutter erst von ihrem Anruf in New York erzählen, wenn sie selbst noch etwas darüber nachgedacht hatte. „Dann sah ich ein Licht im Garten. Eine Taschenlampe."

„Tracy, mein Liebes, du stehst immer noch unter Schock durch den Einbruch. Was du gesehen hast, war sicher nur eine Lichtspiegelung oder so etwas."

„Nein", sagte Tracy. „Es war ein Mann." Sie zog den Vorhang zurück. „Siehst du, er hat die Mülltonne umgestellt. Er wollte zu meinem Zimmer hochklettern."

Das Licht aus dem Flur und dem Hinterzimmer schien hinaus in den kleinen Garten und beleuchtete die Mülltonne, die nicht mehr an ihrem üblichen Platz stand.

Mrs. Foster wurde blaß. „Wir sollten sofort die Polizei verständigen." Sie nahm den Hörer ab und wählte, genau wie Tracy es wenige Minuten zuvor getan hatte. Sie berichtete dem diensthabenden Beamten, was vorgefallen war.

„Ich habe ein Geräusch gehört", erklärte sie ihrer Tochter, nachdem sie aufgelegt hatte. „Ich bin davon aufgewacht."

„Das war wahrscheinlich ich", sagte Tracy. „Ich habe versucht, leise zu sein."

„Ich kam herunter, um nachzusehen." Mrs. Foster lächelte grimmig. „Ich habe nach etwas gesucht, das ich als Waffe benutzen konnte. Ein Glück, daß du noch wach warst. Wir haben den Einbrecher vertrieben." Sie sah Tracy fragend an. „Ob es derselbe Einbrecher war wie beim erstenmal? Vielleicht hat er etwas gesehen, das er sich jetzt holen wollte. Aber nein, das ist unmöglich. Wir haben nichts, das so wertvoll wäre."

Tracy konnte es nicht länger für sich behalten. „Ich glaube, er wollte mich entführen!" stieß sie hervor.

„Dich entführen? Wie kommst du darauf?"

„Weil sie es schon einmal versucht haben", erklärte Tracy.

„Als ich vorhin draußen war. Zwei Männer kamen in einem Auto und haben versucht, mich hineinzuzerren."
„Tracy! Warum hast du mir das nicht erzählt?" Mrs. Foster legte beide Arme um ihre Tochter, als wollte sie sie beschützen. „Heute abend, meinst du? Als du die Milch geholt hast? Ich *wußte*, ich hätte dich nicht gehen lassen sollen."
„Du hast so müde ausgesehen", sagte Tracy. „Und ich war schon so oft nachts draußen. Aber mir ist nichts passiert. Sie haben mich nicht gekriegt."
„Aber was wäre, wenn sie es geschafft hätten?" rief Mrs. Foster aufgebracht. „Du hättest es mir sofort erzählen müssen, Tracy!"
„Ich sagte doch schon, ich wollte dich nicht auch noch damit belasten", sagte Tracy. „Ich dachte, es könnte bis zum Morgen warten."
„Nun, jetzt ist es Morgen, wenn auch noch sehr früh", stellte Mrs. Foster fest. „Und jetzt erzähl mir bitte ganz genau, was passiert ist."
Während sie auf das Eintreffen der Polizei warteten, vor Müdigkeit blinzelten und in ihren dünnen Morgenröcken zitterten, erzählte Tracy ihrer Mutter von den Männern im Auto und auch von der Vermutung ihrer Freundinnen, daß das Ganze mit dem Päckchen von Judy zusammenhing.
„Es hat mit Judy zu tun", sagte Tracy. „Ihr ist etwas passiert. Da bin ich mir ganz sicher."
Mrs. Foster sah sie beunruhigt an. „Du hättest mir früher davon erzählen sollen", meinte sie schließlich.
„Das habe ich versucht", entgegnete Tracy. „Aber du hast mir nicht geglaubt."

„Und das Päckchen – diese Pralinen von Judy –, wo sind sie jetzt?"
„Hollys Mutter hat sie", antwortete Tracy.
Mrs. Foster sah sie ernst an. „Wenn die Polizei hier ist, sollten wir ihr alles erzählen. Sie lächelte erschöpft und legte Tracy einen Arm um die Schultern. „Mach dir keine Sorgen. Sie werden Judy finden."
„Das hoffe ich", sagte Tracy. „Das hoffe ich sehr."

Die Polizisten nickten ernst, als Tracy ihnen von ihrem Verdacht erzählte. Es erleichterte sie sehr, endlich jemandem von ihren Ängsten erzählen zu können, der zuhörte und sie auch ernst zu nehmen schien. Während einer der Polizisten alles notierte, was sie berichtete, durchsuchte der andere den Garten mit einer Taschenlampe.
„Ich glaube, neben der Mülltonne sind ein paar brauchbare Fußspuren", sagte er, als er wieder im Haus war. „Wir schicken nachher jemanden vorbei, der Abdrücke davon nehmen wird."
Der andere Polizist schaute auf seine Notizen. „Weißt du, ob der Mann im Garten derselbe war wie der im Auto?" fragte er.
„Nein", antwortete Tracy. „Es ging alles so schnell."
„Kannst du mir denn sagen, was die Männer anhatten?" fragte der Polizist freundlich.
Tracy sah ihn bedauernd an und schüttelte den Kopf. Bisher war sie auf ihre Beobachtungsgabe immer sehr stolz gewesen. Sie hatte sich immer für die ideale Zeugin gehalten. Doch nun mußte sie sich eingestehen, daß sie nichts über die beiden Männer wußte. Es konnte derselbe Mann gewesen sein – aber auch ein ganz anderer.

„Es tut mir leid", sagte Tracy. „Ich habe beide nicht genau sehen können." Ihre Mutter legte ihr schützend einen Arm um die Schultern.
„Das macht doch nichts", erwiderte der Polizist. „Du bist müde. Aber morgen früh fällt dir bestimmt noch mehr ein. Wenn du ausgeschlafen hast." Er klappte sein Notizbuch zu. „Du hast uns schon viele wertvolle Informationen gegeben. Wir werden als erstes in London nachfragen und herauszufinden versuchen, was deine Cousine nach ihrer Ankunft gemacht hat." Er stand auf und nickte seinem Kollegen zu. „Und nun möchte ich, daß Sie beide ins Bett gehen. Der Einbrecher wird heute nacht nicht mehr wiederkommen, da können Sie ganz sicher sein. Außerdem werde ich dafür sorgen, daß einer unserer Beamten ein Auge auf Ihr Haus hält."
„Werden Sie versuchen, Judys Eltern in Amerika zu erreichen?" fragte Mrs. Foster.
Der Polizist nickte. „Auf jeden Fall." Er sah Tracy an. „Ich möchte gern, daß du mit deiner Mutter gleich nach dem Aufstehen ins Polizeirevier kommst. Und bring bitte dieses Päckchen mit, von dem du uns erzählt hast."
„Sie müssen Judy finden", sagte Tracy.
„Das werden wir", erwiderte der Polizist. „Das werden wir ganz bestimmt."
Nachdem die Polizisten gegangen waren, hörten Tracy und ihre Mutter, wie die Vögel sangen, um den neuen Tag zu begrüßen.
„Wirst du schlafen können?" fragte Mrs. Foster.
„Ich glaube schon", sagte Tracy. „Ich bin todmüde."
Ihre Mutter nickte. „Ich auch."
Tracy zog sich die Bettdecke über den Kopf. Endlich war

diese lange, schreckliche Nacht vorüber, und sie konnte versuchen, etwas Schlaf zu bekommen.

Das Läuten des Telefons unten im Flur schreckte Tracy um zehn Uhr aus dem Schlaf.
Verschlafen nahm sie den Hörer ab.
„Tracy!“ rief Holly aufgeregt ins Telefon. „Du wirst nie glauben, was wir in deiner Pralinenschachtel gefunden haben!“
Tracy rieb sich den Schlaf aus den Augen. „Und du wirst nicht glauben, was mir passiert ist. Ich kann es dir jetzt nicht erzählen, aber die Polizei war heute nacht noch einmal bei uns, und ich habe den Beamten alles von Judy erzählt.“ Plötzlich war Tracy hellwach. „Habt ihr die Schachtel noch, Holly?“
„Ja. Sie ist in Sicherheit, bei Belinda. Tracy, es war eine Halskette darin. Eine wunderschöne Halskette mit Diamanten und Rubinen.“
„Eine Kette?“ stieß Tracy hervor.
„Ja. Belinda – sei ruhig. *Ich* erzähle es ihr. Wir glauben, daß sie zu der neuen Kollektion deines Onkels gehört. Sie ist einfach traumhaft!“
„Ich komme sofort zu euch“, sagte Tracy. „Bleibt, wo ihr seid.“
Tracy rannte hinauf zum Schlafzimmer ihrer Mutter. Sie klopfte an und öffnete die Tür. „Mom? Bist du schon wach?“ Sie schlich auf Zehenspitzen zum Bett und lauschte den tiefen, regelmäßigen Atemzügen ihrer Mutter. „Mom?“
Doch es kam keine Reaktion.
„Also gut, Mom“, sagte Tracy leise. „Schlaf du nur. Von

jetzt an übernimmt der Mystery Club den Fall." Sie schlich aus dem Haus und radelte zu Belinda hinüber.
„Du siehst aus, als wärest du gerade erst aus dem Bett gefallen", bemerkte Belinda, als sie ihr die Tür öffnete. „Du siehst furchtbar aus."
„Ich war fast die ganze Nacht auf", sagte Tracy. „Hat Holly dir das nicht erzählt?"
Belinda führte sie in die Küche, in der Holly schon auf sie wartete. Die beiden Mädchen hörten mit offenem Mund zu, als Tracy ihnen erzählte, was ihr in der vergangenen Nacht passiert war.
„Es müssen dieselben Männer gewesen sein", rief Holly aus. „Sie haben Judy und Tony Meyer und jetzt wollen sie die Halskette." Sie atmete hörbar aus. „Sie werden sie aber nicht kriegen. Sie liegt sicher im Tresor von Belindas Vater."
„Und all das für Modeschmuck", hauchte Belinda. „Was würden die Kerle wohl anstellen, wenn die Kette echt wäre?"
„Denk lieber gar nicht darüber nach", riet Tracy.
„Eigentlich ist es schade, alles der Polizei zu übergeben", stellte Holly fest. „Nach allem, was wir durchgemacht haben."
„Du meinst wohl, nach allem, was ich durchgemacht habe", sagte Tracy. „Immerhin bin ich diejenige, die in der letzten Nacht beinahe entführt wurde."
„Stimmt genau", bemerkte Holly. „Also bist du auch diejenige, die als einzige von uns weiß, wie die Kerle aussehen."
„Ich habe euch doch schon gesagt", jammerte Tracy, „daß ich *nicht* weiß, wie sie aussehen."

„Du mußt doch irgend etwas bemerkt haben.“ Belinda konnte es nicht fassen: „Was weißt du über den Wagen? Was für ein Auto war es?“
„Ich kann mich nicht erinnern. Auf jeden Fall hatte es vier Türen“, erinnerte sich Tracy.
„Ich weiß“, sagte Belinda. „Du brauchst etwas Heißes und Süßes zu trinken. Das wird dein Gehirn ankurbeln. Soll ich dir eine heiße Schokolade machen? Nach einem Schock soll man immer etwas Heißes und Süßes trinken.“
„Ich hab keinen Schock“, widersprach Tracy. „Ich bin nur todmüde.“
Belinda zuckte die Achseln. „Ich mache dir trotzdem Kakao. Es ist einen Versuch wert.“ Sie grinste Tracy fröhlich an. „Du machst es dir gemütlich, und ich versuche, ein Frühstück aufzutreiben.“
„Ich habe eigentlich gar keinen Hunger“, sagte Tracy.
„Aber ich“, sagte Belinda. „Ich habe schon seit Stunden nichts mehr gegessen.“
Die drei Freundinnen gingen Tracys Geschichte noch einmal durch. Holly versuchte ihr Bestes, Tracys Gedächtnis aufzufrischen, doch es war hoffnungslos. Abgesehen von der Tatsache, daß einer der Männer im Wagen ein Amerikaner und der andere ein Engländer gewesen war, konnte sie sich an nichts erinnern.
„Zumindest wissen wir jetzt, was sie wollten“, stellte Holly fest. „Sie sind hinter der Halskette her.“
„Kann ich sie mal sehen?“ fragte Tracy.
Belinda ging ins Nebenzimmer. Wenige Augenblicke später war sie wieder da. Tracy beugte sich gespannt nach vorn, als Belinda das Päckchen auswickelte. Sie

hielt das Schmuckstück hoch, und die Diamanten und Rubine glitzerten im Licht der Morgensonne.

„Wahnsinn!“ stieß Tracy hervor. „Sie sieht absolut echt aus, findet ihr nicht? Kein Wunder, daß die Konkurrenten meines Onkels sie haben wollen. Jetzt verstehe ich auch, warum die Entwürfe von Scheherazade so gefragt sind.“

„Ich bin nur froh, daß sie nicht echt ist“, sagte Holly. „Sie wäre bestimmt etliche tausend Pfund wert.“

„Hunderttausende“, verbesserte Tracy sie. „Vielleicht sogar Millionen.“

„Jetzt paßt alles zusammen“, erklärte Belinda. „Die Kette muß ein Stück aus der neuen Kollektion deines Onkels sein. Die Kollektion, die er den thailändischen Kronjuwelen nachempfunden hat. Und irgend jemand ist hinter diesem Schmuckstück her wie ein Besessener.“

„Er ist sogar so versessen darauf, daß er euer Haus durchwühlt hat“, sagte Holly zu Tracy. „Und versucht hat, dich zu entführen. Die Frage ist nur, warum?“

„Das ist doch eindeutig“, antwortete Tracy. „Es ist ein ganz neues Design. Wenn es einem Konkurrenten in die Hände fällt, könnte er es kopieren und als eigenen Entwurf auf den Markt bringen. War noch etwas anderes in der Schachtel? Vielleicht eine Nachricht von Judy?“

„Wir haben die Schachtel aufgerissen“, sagte Belinda. „Aber wir haben nichts gefunden. Ich habe sogar alle Pralinen in der Mitte durchgeschnitten, bevor ich sie gegessen habe, nur für den Fall, daß in einer von ihnen eine Nachricht versteckt war.“

„Der Mann, der versucht hat, dich zu entführen, war derselbe, der auch Judy hat“, verkündete Holly. „Und auch derselbe, der angerufen und sich für Tony Meyer ausgegeben hat."

„Es sei denn", begann Tracy zögernd. „Es sei denn, es *war* Tony Meyer. Vielleicht war er es selbst. Wer sollte besser über die neuen Entwürfe Bescheid wissen? Vielleicht hat Judy durch Zufall mitbekommen, was er plante, und hatte gerade noch Zeit, ihm die Kette abzunehmen. Das wäre durchaus denkbar. Mein Onkel ist sicher, daß jemand aus seiner eigenen Firma seine Entwürfe verkauft, das hat Judy mir erzählt. Und Tony Meyer ist seine rechte Hand."

„Wir brauchen noch mehr Hinweise", sagte Holly. „Versuch, dich an das Auto zu erinnern, Tracy. Welche Farbe hatte es?"

„Es war dunkel", erinnerte sich Tracy. „Das zumindest weiß ich noch."

„Wie sah es innen aus?" fragte Belinda.

Holly hatte das Mystery-Club-Notizbuch hervorgeholt und schrieb alles auf.

„Ging die Innenbeleuchtung an, als sie die Tür geöffnet haben?" fragte sie.

„Nein. Ich glaube nicht", antwortete Tracy.

„Es ist hoffnungslos", stöhnte Belinda.

„Nein, wartet..." Tracy zögerte. „Ich versuche gerade, mir alles noch einmal vor Augen zu führen. Ich *muß* die Farbe gesehen haben", sagte sie. „Wenn ich nur – wartet! Wartet. Ja! Das Auto war grün. Tief dunkelgrün." Sie ließ sich in ihrem Stuhl nach hinten fallen. „Und die Polster waren auch grün."

„Na, siehst du?" sagte Holly. „Ich wußte, es würde dir wieder einfallen." Sie schrieb in ihr Notizbuch. „Warte

mal... Erinnerst du dich noch an das Auto, das gestern vor eurem Haus stand? Das war doch auch grün und hatte eine grüne Innenausstattung, nicht wahr?"
„Ich weiß es nicht", sagte Tracy. „Ich habe es mir nicht genau angesehen. Ich war mit meinen Gedanken zu sehr bei dem Einbruch."
„Ich wette, es war derselbe Wagen." Holly las noch einmal durch, was sie geschrieben hatte.
Belinda drückte Tracy einen Becher heiße Schokolade in die Hand. „Trink das", befahl sie. „Und denk weiter nach."
Tracy nahm einen kleinen Schluck. „Belinda! Wieviel Zucker hast du in die Tasse gekippt?"
„Nur meine üblichen drei Löffel." Belinda lächelte. „Zucker ist gut für dein Gehirn."
„Der Mann auf dem Vordersitz hatte Ringe an drei Fingern", fiel Tracy plötzlich ein.
„Siehst du? Ich hatte recht mit dem Zucker!" verkündete Belinda. „Und als nächstes wirst du uns seinen Namen sagen."
„Wohl kaum", erwiderte Tracy. „Aber das ist doch immerhin etwas, nicht wahr? Wieder etwas, was wir der Polizei sagen können."
„Und wir wissen, daß er nicht allein arbeitet", stellte Belinda fest. „Wir wissen, daß sein Komplize Engländer ist. Wie klang sein Akzent?"
„Ganz normal. So, wie alle Leute in Yorkshire sprechen."
„Wir wissen also, daß er mit einem Einheimischen zusammenarbeitet", sagte Holly. „Also gut, welche Art von Mensch würde sich in eine solche Sache hineinziehen lassen?"

„Ein Krimineller?" vermutete Belinda.
„Ein nützlicher Hinweis", spottete Holly. „Nein, ich meinte, welche Art von Verbrechern wäre wohl daran interessiert, jemandem zu helfen, der gestohlene Modeschmuckentwürfe verkauft? Versteht ihr nicht, worauf ich hinauswill? Es kann niemand sein, der die Halskette an sich haben will – es muß jemand sein, der an ihrem *Design* interessiert ist."
„Na klar!" stieß Belinda hervor. „Du meinst einen anderen Juwelier?"
Holly strahlte. „Natürlich."
„Aber allein in Willow Dale gibt es mindestens ein Dutzend Juweliergeschäfte", gab Belinda zu bedenken. „Und bestimmt noch hundert andere, die mit dem Auto leicht zu erreichen sind."
„Mit dem Auto?" wiederholte Holly. „Das ist ein weiterer Punkt. Wenn Tony Meyer wirklich hinter alledem steckt, woher hat er dann das Auto? Er kann es schlecht im Flugzeug mitgebracht haben!"
„Wahrscheinlich fährt er einen Mietwagen", sagte Tracy.
„Einen Moment." Holly fiel etwas ein. „Auf dem Auto, das gestern abend vor eurem Haus gestanden hat, klebte ein Aufkleber." Sie überflog ihre Notizen. „Ja! Hier steht es. Ein karierter Aufkleber am Heckfenster."
„Davon hast du gestern nichts erwähnt", beschwerte sich Tracy. „Das Zeichen kenne ich. Meine Mutter hat schon öfters einen Wagen von dieser Firma gehabt. Sie ist hier im Ort und heißt Karo-Autovermietung."
„Belinda", rief Holly aufgeregt. „Hol das Telefonbuch. Wir haben das Kennzeichen und die Farbe. Vielleicht können wir erfahren, wer den Wagen gemietet hat." Sie

grinste ihre Freundinnen an. „Wenn wir in diesem Tempo weitermachen, haben wir den Fall gelöst, noch bevor wir überhaupt bei der Polizei waren!"

Es war kein Problem, die Telefonnummer der Karo-Autovermietung herauszufinden. Belinda und Tracy saßen gespannt daneben, als Holly die Nummer wählte. Die Frau, die sich meldete, beantwortete höflich Hollys Fragen nach dem grünen Wagen.

„Ja", sagte sie. „Das klingt nach einem von unseren."

Holly zeigte ihren Freundinnen den hochgereckten Daumen. Nur noch wenige Sekunden, und sie würden genau wissen, ob es wirklich Tony Meyer war, der den Wagen gemietet hatte.

„Ich müßte in den Unterlagen nachsehen, um das Kennzeichen zu überprüfen", fuhr die Frau fort. „Würden Sie mir bitte den Grund für Ihre Anfrage nennen? War der Wagen in einen Unfall verwickelt?"

„O nein", sagte Holly. „Nichts dergleichen. Ich möchte nur den Namen des Mieters erfahren."

Die Stimme am anderen Ende der Telefonleitung klang jetzt anders, geschäftsmäßiger. „Tut mir leid, Informationen dieser Art sind vertraulich", sagte sie.

„Aber es ist sehr wichtig", stieß Holly verzweifelt hervor.

„Tut mir leid", wiederholte die Frau.

Holly legte den Hörer auf, und die drei Mädchen sahen einander an.

„Mist!" ärgerte sich Tracy. „Ich wußte, es war zu einfach, um wahr zu sein." Sie schaute auf ihre Uhr. „Ich mache mich jetzt lieber auf den Weg zum Polizeirevier. Dort wundert man sich sicher schon, wo ich bleibe."

„Wollen wir sie mitnehmen?“ fragte Belinda und hielt die Halskette hoch.
„Lieber nicht“, entschied Tracy. „Falls wir verfolgt werden.“ Sie warf ihren Freundinnen einen bedeutungsvollen Blick zu. „Die Kerle scheinen ziemlich gut über uns informiert zu sein. Das Risiko möchte ich lieber nicht eingehen.“
„Dann lege ich sie wieder in den Tresor“, entschied Belinda. „Wenn die Polizei sie ansehen will, können sie jemanden herschicken.“
„Ich hoffe nur, sie versuchen nicht, Fingerabdrücke davon zu nehmen“, sagte Holly. „Sie würden wahrscheinlich nur unsere finden.“ Sie seufzte. „Wir sind schon ein paar Detektive. Warum ist uns das nicht eingefallen, bevor wir die Kette angefaßt haben?“
Sie legten die Kette zurück in den Wandtresor und wollten gerade gehen, als das Haustelefon klingelte. Holly und Tracy warteten in der Diele, während Belinda telefonierte.
Als sie wieder zurückkam, blickte sie finster drein. „Das war meine Mutter“, sagte sie. „Demnächst soll irgendwelches Zeug für ihre Party heute abend geliefert werden, und sie will, daß ich zu Hause bleibe und es annehme.“ Sie seufzte tief. „Es sieht aus, als müßtet ihr ohne mich gehen.“ Sie setzte sich auf die Treppe und stützte das Kinn in die Hände. „Immer muß ich die langweiligen Sachen übernehmen. Ich hasse diese blöden Partys.“
„Aber sie bringen immer eine ganze Menge Geld für wohltätige Zwecke ein“, versuchte Holly sie zu beschwichtigen.

„Und auf der heutigen Party sollte Judy eine Rede halten“, bemerkte Tracy traurig. „Ach, ich wünschte, sie wäre hier und könnte es tun.“
Holly hatte Mitleid mit Belinda. „Wenn du willst, bleibe ich hier und leiste dir Gesellschaft“, bot sie an. „Tracy kann der Polizei auch allein alles erzählen.“
„Natürlich.“ Tracy grinste. „Ihr beide könnt ruhig hierbleiben und die Halskette bewachen.“ Sie öffnete die Haustür. „Wollen wir uns nachher in der Stadt treffen?“
„Gute Idee“, sagte Holly. „Wir wollten ohnehin noch etwas Make-up für Belinda kaufen.“ Sie lächelte Belinda an. „Damit du dich heute abend für die Party als Dame verkleiden kannst.“
„Hör bloß auf!“ stöhnte Belinda. „Es ist schon schlimm genug, auch ohne eure Witze. Ihr kommt doch beide, nicht wahr? Laßt mich heute abend bloß nicht allein!“
„Ich glaube, ich werde lieber ein andermal kommen“, erklärte Tracy. „Ich möchte heute abend zu Hause sein, falls es irgend etwas Neues gibt. Und außerdem lasse ich meine Mutter im Moment ungern allein.“
„Das verstehe ich natürlich“, sagte Belinda. „Das ist schon in Ordnung; Holly ist ja da, um mir beizustehen.“
„Ich werde mein Bestes tun“, versprach Holly. „Wo wollen wir uns treffen?“ fragte sie Tracy.
„Wie wäre es mit der Teestube – so gegen halb drei? Ich warte dort auf euch, falls ihr später kommt. Aber laßt euch nicht zuviel Zeit. Ich möchte früh zu Hause sein.“
Die beiden verabschiedeten sich von Tracy und machten es sich bequem, um auf die Lieferung für die Party zu warten.

„Ich habe nachgedacht“, sagte Belinda, als sie einige Stunden später einen Teller voll belegter Brote für sich und Holly ins Wohnzimmer trug.
„Und worüber, wenn ich fragen darf?“ fragte Holly. Um sich die Wartezeit bis zum Eintreffen des Lieferanten zu verkürzen, hatten die Mädchen erst eine Zeitlang ferngesehen und dann, jede für sich, über das Geheimnis um Judy und die Halskette nachgedacht.
„Das weißt du doch.“ Belinda setzte sich wieder und stellte den Teller neben sich auf das Sofa. „Ich habe versucht, mir ein klareres Bild von allem zu verschaffen. Was glaubst du, ist mit Judy passiert?“
„Wenn wir recht haben und Tony Meyer wirklich hinter alledem steckt, dann hat er sie wahrscheinlich irgendwo eingesperrt. Ich schätze, er wird sie gefangenhalten, bis er die Kette wiederhat.“
„Ja“, sagte Belinda. „Und genau das wundert mich. Was meinst du, von wo sie die Kette abgeschickt hat?“
„London, denke ich“, antwortete Holly. „Der Poststempel war allerdings nicht zu entziffern.“
„Wenn sie das Päckchen in London abgeschickt hat“, bemerkte Belinda nachdenklich, „hält er sie sicher auch in London gefangen, meinst du nicht?“
„Ja, wahrscheinlich.“
„Aber was macht er dann hier? Kilometerweit entfernt? Er würde sie doch nie irgendwo alleinlassen, oder? Er würde sie in seiner Nähe haben wollen, um auf sie aufpassen zu können.“
„Ich verstehe, worauf du hinauswillst. Wenn Tony Meyer und sein Komplize hier sind, ist Judy es möglicherweise auch.“ Holly nickte nachdenklich. „Das ist doch schreck-

lich, findest du nicht? Zu glauben, daß sie irgendwo in der Nähe eingesperrt ist, und zu wissen, daß wir nichts für sie tun können."

„Das können wir vielleicht doch." Auf Belindas Gesicht breitete sich ein verschwörerisches Grinsen aus. „Mir ist gerade eine Idee gekommen, wie wir die gräßliche Party meiner Mutter für unsere Zwecke nutzen können. Wenn die Polizei die Halskette bis heute abend noch nicht abgeholt hat, gibt es doch etwas, das wir tun können."

„Ich würde alles versuchen", sagte Holly eifrig, „diesen Fall noch vor der Polizei zu lösen." Sie runzelte die Stirn. „Zumindest *fast* alles. Was hast du vor?"

„Du weißt doch, was für Leute meine Mutter immer zu ihren Partys einlädt, nicht wahr?" fragte Belinda. „Ich habe die Gästeliste für heute abend gesehen. Alle wichtigen Geschäftsleute der gesamten Umgebung werden kommen." Sie grinste. „Du weißt ja, meine Mutter kennt jeden, der in dieser Stadt Rang und Namen hat."

„Na und?" fragte Holly, die Belindas Gedankengang bis jetzt noch nicht folgen konnte.

„Das Haus wird bis unters Dach vollgestopft sein mit Firmenchefs, Fabrikbesitzern und den Inhabern aller wichtigen Läden. Sie schickt ihre Einladungen immer an alle Geschäfte in der Innenstadt. Zumindest die großen." Belinda lachte über Hollys verwirrten Gesichtsausdruck. „Du kapierst es immer noch nicht? Worüber haben wir denn vorhin gesprochen? Über die Gruppe von Leuten, die daran interessiert sein könnte, die neuesten Scheherazade-Entwürfe zu stehlen."

„Juweliere!" rief Holly aus.

„Bravo", bemerkte Belinda trocken. „Heute abend werden mit Sicherheit ein paar von ihnen hier sein, und vielleicht ist sogar derjenige unter ihnen, den wir suchen." Sie wedelte aufgeregt mit einer Brotscheibe vor Hollys Nase herum. „Was meinst du, wie würde er wohl reagieren, wenn er plötzlich Scheherazades neuesten Entwurf am Hals von jemandem entdeckt?"

„Ich schätze, er würde einen Herzanfall bekommen."

„Das vielleicht nicht gerade", widersprach Belinda lachend. „Aber *irgendeine* Reaktion würde er bestimmt zeigen."

Holly sah sie mit offenem Mund an. „Das ist genial", sagte sie schließlich. „Wir müssen nur aufpassen, ob irgend jemand ausflippt, wenn er die Kette sieht. Und wenn das passiert, schnappen wir ihn uns." Sie runzelte die Stirn. „Ich sehe nur ein Problem – wer soll die Kette tragen?"

Belinda verschränkte die Arme, reckte das Kinn in die Luft und bedachte Holly mit einem perfekt gelungenen hochnäsigen Blick.

„Wer von uns hat denn einen ganzen Kleiderschrank voller schicker Klamotten?" fragte sie. „Und wer von uns ist die vornehmste und eleganteste Person, die du kennst?"

Holly brüllte vor Lachen. „Du etwa?"

„Ja, warum nicht", entgegnete Belinda.

Holly wollte ihr gerade darauf antworten, als von draußen das Knirschen von Autoreifen auf dem Kies zu hören war. Wenige Augenblicke später wurde an der Haustür geläutet, und die beiden Mädchen gingen hinaus, um dem Lieferanten zu zeigen, wo er die Waren hinbringen sollte.

Zehn Minuten später waren die beiden auf dem Weg in die Stadt, denn sie mußten unbedingt erfahren, wie es Tracy auf dem Polizeirevier ergangen war. Außerdem konnten sie es kaum erwarten, ihr von Belindas Plan zu erzählen.
Sie konnten natürlich nicht wissen, daß Tracy nie auf dem Polizeirevier angekommen war.

7

Der Amerikaner

Tracy war immer noch müde, als sie mit dem Bus in die Stadt fuhr. Sie mußte lächeln, denn sie hatte gerade gedacht, wenn es Belinda gewesen wäre, die beinahe entführt worden wäre und anschließend den Entführer in die Flucht geschlagen hätte, dann hätte sie bestimmt erst einmal eine Woche durchschlafen müssen, um darüber hinwegzukommen.
Doch selbst jemand, der so fit und gesund war wie Tracy, konnte nicht erwarten, nach so wenigen Stunden Schlaf in Hochform zu sein. Und nun saß sie hier im Bus und schlief beinahe ein. Sie öffnete ein Fenster und holte ein paarmal tief Luft, um wieder munter zu werden. Wenn sie erst einmal auf dem Polizeirevier war, mußte sie einen klaren Kopf haben.
In der Innenstadt stieg sie aus dem Bus und genoß die sanfte Brise, die sie beim Überqueren der Straße traf. Überall waren Menschen, die Einkäufe erledigten. Tracy sah auf ihre Uhr. Kein Wunder, daß es in der Stadt so voll war, denn es war bereits früher Nachmittag.
„Entschuldige bitte." Tracy drehte sich um, als sie angesprochen wurde. Der Sprecher war ein großer Mann mit lockigen, blonden Haaren und einem schmalen Gesicht.

Er hatte eine Kamera mit Zubehör vor dem Bauch hängen und trug eine Sonnenbrille.
Er lächelte. „Kannst du mir helfen?" In der Hand hielt er eine zusammengefaltete Landkarte.
Sein amerikanischer Akzent war eine Überraschung für Tracy. Im Sommer kamen die Touristen zwar in Scharen nach Willow Dale, doch zu dieser Jahreszeit waren sie eher selten. „Ich kann es versuchen", sagte sie. „Worum geht es?"
Der Mann strahlte über das ganze Gesicht. „Hey, du bist aus Amerika, stimmt's?"
Tracy lachte. „Und ich dachte, ich wäre meinen Akzent inzwischen los", sagte sie. „Ich lebe schon seit drei Jahren in England."
„Was du nicht sagst." Der Mann schüttelte den Kopf. „Aber ich erkenne einen Landsmann, wenn ich ihn sehe", sagte er lachend. „Obwohl ich in deinem Fall wohl eher von einem Lands*mädchen* sprechen müßte." Er hielt die Karte hoch. „Ich scheine mich verlaufen zu haben. Ich kann einfach keine Karte lesen. Das sagt meine Frau auch immer. Sie behauptet immer, ich wäre der einzige Mann, der es sogar fertigbrächte, sich zwischen Eßzimmer und Küche zu verlaufen."
Er ist nett, dachte Tracy. Aber ein bißchen albern.
„Wohin wollen Sie denn?" fragte sie ihn.
Der Mann hielt die gefaltete Karte so, daß sie den Punkt sehen konnte, auf den er zeigte. „Woodfree Abbey. Ich bin dort mit meiner Frau und den Kindern verabredet, aber ich habe nicht die leiseste Ahnung, wie ich hinkommen soll."
„Das ist ganz einfach." Tracy lächelte. Sie kannte die

Abtei gut, und das war auch kein Wunder, denn sie hatte im Mittelpunkt des ersten Falles gestanden, den der Mystery Club gelöst hatte.
Doch plötzlich verschwand Tracys Lächeln. Der Mann war braungebrannt, vor allem im Gesicht und auf den Handrücken. Er hatte diese tiefe, amerikanische Bräune, der Tracy immer noch nachtrauerte. Doch an dreien seiner Finger war die Haut an einer Stelle viel heller. Es waren drei schmale Streifen, die die Sonne nicht gebräunt hatte.
Tracy dachte zurück an den vergangenen Abend. Der Wagen, der neben ihr gehalten hatte. Die Hand, die sie gepackt hatte. Der Kampf. Eine zweite Hand – die des Fahrers. Eine Hand mit drei Ringen.
Der Mann lächelte. „Für dich ist es vielleicht einfach", sagte er. „Aber für mich ist es das bestimmt nicht."
Tracy lächelte krampfhaft weiter, obwohl ihr Instinkt ihr riet, um Hilfe zu schreien und zu rennen. War er wirklich der Mann aus dem Auto? Und wenn er es war? Was sollte sie bloß tun?
„He, ist es diese Straße?" Sein Finger fuhr über die Karte. Tracy bezähmte ihre Furcht und sah hin.
„Nein", antwortete sie. „Sie halten die Karte verkehrt herum. Die Abtei liegt in der entgegengesetzten Richtung."
Der Mann lachte. „Ich bin wirklich ein hoffnungsloser Fall", stellte er fest. „Aber die englischen Straßen machen es mir auch nicht gerade leichter. Alle Leute fahren auf der falschen Seite. Aber ich wette, du hast dich längst daran gewöhnt, nicht wahr?"
„Ja, so ziemlich", antwortete Tracy.

„Sag mal, ich könnte dich wohl nicht bitten, mir eben bei meinem Wagen zu helfen, oder?“ Er streckte den Arm aus. „Er steht nur ein paar Straßen von hier entfernt.“

„Ich verstehe gar nichts von Autos“, sagte Tracy.

„Es dauert keine Minute“, behauptete der Mann. „Ich brauche nur jemanden, der sich hinter den Wagen stellt und nachsieht, ob die Bremslichter funktionieren.“

„Tut mir leid. Ich bin mit Freunden verabredet.“ Tracy schaute auf ihre Uhr. „Ich habe mich schon verspätet. Sie werden sich wundern, wo ich bleibe.“

„Ach, ich denke, es wird ihnen nichts ausmachen, noch ein paar Minuten länger zu warten“, sagte der Mann mit einer plötzlich viel tieferen Stimme. Er legte ihr einen Arm um die Schultern und beugte sich zu ihr hinab. „Wenn du auch nur einen Mucks von dir gibst, junge Dame, breche ich dir das Genick.“

Er verstärkte seinen Griff, und Tracy spürte seinen kräftigen Arm schwer auf ihren Schultern lasten.

„Und jetzt lächelst du einfach weiter, und dir passiert nichts“, zischte er ihr ins Ohr. „Versuch zu schreien, und du bist tot. Kapiert?“

Tracy starrte ihn entsetzt an.

„Ich habe eine Waffe“, verkündete er und zeigte immer noch dieses schreckliche, unechte Lächeln. „Und, glaub mir, ich werde sie auch benutzen, wenn es sein muß. Verstehen wir uns?“

„Ja“, murmelte Tracy. „Aber was wollen Sie von mir?“

Er lachte. „Ich will, daß du mitkommst und mir bei meinem Wagen hilfst.“

Er hielt sie dicht an sich gedrückt und führte sie, immer noch lächelnd, von der Hauptstraße weg.

Holly und Belinda standen vor der Teestube.
„Wir sind zu früh gekommen", sagte Belinda und sah durchs Fenster. Das kleine Lokal war voller Gäste, die an den weißgedeckten Tischen saßen, Tee tranken und Kuchen aßen.
„Ich kann sie nirgends entdecken." Belinda betrachtete sehnsüchtig das Kuchenangebot auf dem Rollwagen. „Wir könnten doch schon hineingehen und auf sie warten."
Holly sah auf die Uhr. „Ich habe eine bessere Idee", sagte sie. „Wir nutzen die Zeit, um ins Kaufhaus zu gehen und ein paar Schminksachen für dich auszusuchen."
Belinda sah ihre Freundin entsetzt an. „Ich dachte, das sollte ein Scherz sein. Ich benutze doch gar kein Make-up."
„Dann wird es höchste Zeit, daß du damit anfängst", erwiderte Holly, hakte sich bei Belinda ein und zog sie mit sich. „Wenn du dich so aufdonnern willst, daß du heute abend die Kette tragen kannst, mußt du dich auch schminken, ob es dir gefällt oder nicht."
„Ich hätte aber lieber ein Schokoladeneclair." Belinda warf noch einen letzten verzweifelten Blick auf die Teestube. „Und wir wollen Tracy doch nicht verpassen, oder?"
„Wir haben noch genug Zeit, also hör auf zu jammern", amüsierte sich Holly. „Ich gehe jetzt mit dir ins Kaufhaus, und wenn ich dich den ganzen Weg dorthin tragen müßte."
„Aber ich habe kein Geld dabei", behauptete Belinda.
„O doch, das hast du. Stell dich nicht so an. Willst du heute abend gut aussehen oder nicht?"

„Willst du das wirklich wissen?"
Holly lachte. „Nein, eigentlich nicht. Aber ehrlich, Belinda, du mußt dich heute abend als Dame verkleiden. Du hast dich doch schon bereit erklärt, ein Kleid anzuziehen, und dazu gehört einfach etwas Make-up. Keine Sorge, ich passe schon auf, daß du nicht wie ein Clown aussiehst. Vertrau mir."
Widerstrebend ließ sich Belinda über die Straße und in das große, hell erleuchtete Kaufhaus führen.
Prompt tauchte eine perfekt geschminkte Verkäuferin neben den beiden auf. „Kann ich Ihnen helfen?"
Belinda warf ihr einen mißgelaunten Blick zu.
„Ja, bitte", antwortete Holly fröhlich. „Meine Freundin hätte gern etwas Make-up für einen besonderen Anlaß."
„Gern", erwiderte die Verkäuferin strahlend. „Wenn Sie mir bitte folgen würden."
Belinda bedachte Holly mit einem vernichtenden Blick. „Ich hasse dich", flüsterte sie. „Und ich werde dich für den Rest meines Lebens hassen!"

Tracy dachte fieberhaft nach. Der Mann hatte gesagt, er wäre bewaffnet. Es wäre verrückt, ihm nicht zu glauben. Doch im Moment hatte er die Karte in der einen Hand, und sein anderer Arm lag auf ihren Schultern – er hatte also keine Hand frei, um seine Waffe zu ziehen. Die Frage war nur: Würde sie entkommen können, bevor er seine Waffe hervorgeholt hatte? Und würde er wirklich auf sie schießen?
Sie dachte an den Millionen-Dollar-Umsatz von Scheherazade. Selbst ein einziger neuer Entwurf von Scheherazade war vermutlich schon ein kleines Vermögen wert.

Ja, dachte sie verzweifelt, für so viel Geld würde er das Risiko wahrscheinlich eingehen. Aber sollte sie gehorsam zu seinem Wagen mitgehen und sich dann werweiß-wohin verschleppen lassen? Nein. Bestimmt nicht, dachte Tracy. Jedenfalls nicht kampflos.
Inzwischen hatten sie die Fußgängerzone erreicht und waren ganz in der Nähe der Teestube. Tracy hätte beinahe aufgestöhnt. Eine halbe Stunde später, und Holly und Belinda wären dort gewesen. Sie hätten sofort gemerkt, daß sie in Schwierigkeiten war. Doch es war noch zu früh.
„Sei ein braves Mädchen", sagte der Mann. „Benimm dich weiterhin so gut, und dir passiert nichts."
Direkt vor ihnen kam eine Frau mit einem Kinderwagen aus der Teestube und schnitt ihnen den Weg ab.
„Oh, er hat seinen Teddybären fallenlassen", sagte Tracy und schlüpfte blitzschnell unter dem Arm des Mannes heraus. Sie hob das Spielzeug auf und reichte es dem Kind in dem Wagen.
Der Mann trat einen Schritt zur Seite, um sie wieder zu packen, doch Tracy drehte sich hinter ihm herum und stürzte in die Teestube. Eine dicke Frau wollte gerade gehen. Tracy prallte im vollen Tempo mit ihr zusammen.
„Ich muß doch bitten!" empörte sich die Frau. „Also wirklich!"
Tracy fühlte eine Hand auf ihrer Schulter, und etwas Hartes drückte gegen den unteren Teil ihres Rückens. Mit einem empörten Schnaufen drängte sich die Frau an ihnen vorbei. Es war zu spät. Der Mann hatte sie wieder erwischt. Ihr Fluchtversuch war fehlgeschlagen.
„Raus!" flüsterte der Mann ihr ins Ohr.

Eine junge Kellnerin kam auf Tracy zu. „Wünschen Sie einen Tisch?“
„Ja, bitte“, sagte Tracy, und der harte Gegenstand bohrte sich in ihren Rücken. Niemand hätte ihr sagen müssen, daß es die Pistole des Mannes war.
„Bitte folgen Sie mir“, sagte die Kellnerin.
„Sehr schlau“, flüsterte der Mann wütend. Er lächelte über Tracys Schulter hinweg. „Einen Tisch ganz hinten, bitte“, sagte er laut.
In dem kleinen Lokal war es so voll, daß es niemandem auffiel, wie dicht sich der Mann an Tracy drängte, während die Kellnerin sie zu einem kleinen freien Tisch am hinteren Ende des Raumes führte. Er bedeutete Tracy, sich auf einen Stuhl in der Ecke zu setzen, und beugte sich so über sie, daß sie etwas Metallisches unter seiner Jacke aufblitzen sehen konnte.
„Du wirst mich doch hoffentlich nicht blamieren, Tracy?“ sagte er, absichtlich so laut, daß die Kellnerin, die mit gezücktem Notizblock auf ihre Bestellung wartete, es hören konnte.
„Nein.“
„Du bist ein gutes Mädchen.“ Er setzte sich ihr gegenüber und verbarg die Hand mit der Pistole unter dem überhängenden Tischtuch. Mit der anderen Hand ergriff er die Speisekarte und reichte sie Tracy. „Such dir aus, was immer du magst, Liebes. Ich lade dich ein.“
Tracy wollte nichts. In ihrem Magen schien ein dicker Knoten zu sein, doch ihre einzige Hoffnung bestand darin, ihn hinzuhalten, bis Holly und Belinda kamen. Sie würden sie sehen und ihr helfen.
Sie bestellte Tee und ein Stück Kuchen, und die Kellne-

rin verschwand. Der Mann beugte sich zu ihr herüber und hatte wieder sein gräßliches Lächeln aufgesetzt.
„Und jetzt hör mir zu“, flüsterte er ihr zu. „Du trinkst deinen Tee, ißt deinen Kuchen, und dann bezahlen und verschwinden wir. Mach keine Dummheiten, oder du wirst es bereuen.“
„Sie machen mir keine Angst“, murmelte Tracy, erleichtert darüber, daß die Angst, die ihr den Magen zuschnürte, aus ihrer Stimme nicht herauszuhören war.
„Wenn du Judy jemals wiedersehen willst, wirst du dich benehmen“, sagte der Mann. Er lachte leise auf, als er Tracys erschrockenes Gesicht bemerkte. „Mir scheint, jetzt hast du begriffen, worum es geht.“
„Ich werde alles tun, was Sie sagen“, versprach Tracy. Wahrscheinlich würde ihr nichts anderes übrigbleiben. Wenn nur Holly und Belinda bald kämen!
Sie saßen schweigend da, bis die Kellnerin wiederkam. Tracy warf einen Blick zur Tür. Wo blieben Holly und Belinda nur? Sie nahm die Teekanne und begann, sich einzuschenken. Plötzlich konnte sie einen kurzen Blick auf Belindas Gesicht erhaschen, die draußen vor dem Lokal stand. Der Tee ergoß sich in die Untertasse.
„Paß doch auf“, knurrte der Mann. Sie sah ihn verständnislos an.
Sie waren da! Sie standen vor der Teestube! Tracy riskierte einen zweiten Blick durch das Fenster, doch an einem Tisch vor ihr erhoben sich die Gäste, um zu gehen, und machten es Belinda unmöglich, sie zu sehen. Sie konnte über die Schulter eines Gastes einen kurzen Blick auf Holly werfen, doch das war alles. Ihre Hoffnungen schwanden.

Als die Gäste die Tür öffneten, um das Lokal zu verlassen, konnte Tracy deutlich sehen, daß Holly Belinda mit sich fortzog. Sie hatten sie nicht gesehen. Sie gingen fort, ohne zu ahnen, daß sie bereits in der Teestube war und in großer Gefahr schwebte.

„Wir waren lange genug hier", sagte der Mann.

Tracy nickte nur. Wenn sie schnell genug nach draußen kamen, würden ihre Freundinnen sie vielleicht noch sehen. Es dauerte nur ein oder zwei Minuten, die Rechnung zu bezahlen, doch Tracy kam es vor wie eine Ewigkeit.

„Vergiß nicht, was ich gesagt habe", raunte er ihr zu, als sie wieder im Freien waren. „Keine Tricks mehr."

Tracy sah sich suchend um, und der Mann legte ihr wieder den Arm um die Schulter. Es war ein schrecklicher Augenblick für Tracy, als sie ihre Freundinnen entdeckte. Sie gingen gerade ins Kaufhaus. Sie brauchten sich nur umzudrehen! Holly! Belinda! rief sie lautlos. Dreht euch um!

Doch es war zu spät. Ihre Freundinnen verschwanden im Kaufhaus, und Tracy wußte, daß damit ihr Schicksal besiegelt war. Sie ließ sich ohne Widerstand durch die Fußgängerzone in eine schmale Nebenstraße führen. Ihr lief ein kalter Schauder über den Rücken, als sie den grünen Wagen wiedersah.

„Steig ein." Der Mann öffnete die Beifahrertür, und sie setzte sich in den Wagen. „Schnall dich an", befahl er. „Wir wollen doch nicht, daß dir etwas passiert."

Schnell wie der Blitz ging er um den Wagen herum und setzte sich auf den Fahrersitz.

„Wohin bringen Sie mich?" fragte Tracy.

„Frag nicht so viel“, knurrte der Mann und startete den Wagen.
Sie sah ihm in die Augen. „Wer sind Sie?“
Er drehte sich zu ihr, lächelte und nahm seine Sonnenbrille ab. Er hatte leuchtend blaue Augen. „Wer ich bin? Ich habe dich für cleverer gehalten.“ Er grinste breit. „Weißt du es wirklich nicht?“ Er ließ den Motor aufheulen und fuhr an. „Ich bin die rechte Hand deines Onkels. Ich bin einer der hellsten Köpfe in der ganzen Firma Scheherazade.“ Jetzt lachte er häßlich. „Ich bin Tony Meyer. Und du, Tracy, wirst mir dabei helfen, ein Vermögen zu machen.“

8

Wo bleibt Tracy?

Holly schlenderte durch das Erdgeschoß des Kaufhauses und wartete auf Belinda. Die gutaussehende Verkäuferin hatte Hollys unwillige Freundin von einem Tisch zum nächsten geführt und ihr alles über Lidschatten, Wimperntusche, Puder und Lippenstift erzählt. Es war nur gut, daß sie die Grimassen nicht gesehen hatte, die Belinda hinter ihrem Rücken zog. Holly mußte ihre Lippen energisch zusammenkneifen, um nicht laut herauszuplatzen.
Schließlich überließ sie Belinda ihrem Schicksal und wanderte ein wenig herum, um sich die anderen Abteilungen anzusehen. Wer weiß, sagte sie sich und beobachtete die vielen Kunden, vielleicht erwische ich ja einen Ladendieb. Sie erwischte keinen.
Holly sah auf die Uhr. Es wurde allmählich Zeit. Inzwischen hatte Tracy das Polizeirevier bestimmt wieder verlassen und wartete wahrscheinlich schon in der Teestube auf sie.
Holly hatte sich gerade über einen Schaukasten gebeugt, in dem Uhren mit großen, bunten Zifferblättern lagen, als ihr jemand eine Hand auf die Schulter legte.
„Erwischt“, sagte eine tiefe Stimme. „Ich habe gerade

gesehen, wie Sie diesen viertürigen Toaster in Ihre Tasche gestopft haben, Miss. Bitte folgen Sie mir unauffällig."
Holly sah sich um. Belinda stand hinter ihr und hielt eine Plastiktüte mit dem Aufdruck des Kaufhauses in der Hand.
„Sie machen einen verhängnisvollen Fehler", erwiderte Holly. „Ich bin eine enge Freundin des Polizeichefs. Da können Sie jeden fragen."
„Das sagen alle", knurrte Belinda und hielt Holly ihre Tüte unter die Nase. „Ich hoffe, du bist zufrieden", sagte sie mit ihrer normalen Stimme. „Ich habe hier genug Zeug, um damit eine ganze Scheune zu streichen." Sie zeigte Holly ihren Handrücken, der in verschiedenen Braun- und Rosatönen gestreift war, denn an dieser Stelle hatte die Verkäuferin die verschiedenen Farbtöne ausprobiert.
„Wir müssen los", sagte Holly. „Tracy wundert sich bestimmt schon, wo wir bleiben."
Sie steuerten auf den Ausgang zu.
„Es ist nicht meine Schuld, daß wir zu spät kommen", sagte Belinda. „Diese Frau fand einfach kein Ende." Sie schüttelte den Kopf. „Sie war ein bißchen merkwürdig. Ich habe ihr gesagt, daß ich etwas brauche, das zu einem fuchsfarbenen Pferd paßt, und sie hat mich angesehen, als wäre ich nicht ganz dicht."
„Das wundert mich gar nicht", bemerkte Holly. „Ich wette, die haben hier nur selten so schwierige Kundinnen wie dich."
Sie erreichten die Straße und machten sich auf den Weg in die Fußgängerzone.

„Frag mich doch mal, wieviel das bißchen Farbe gekostet hat", sagte Belinda.
„Gern." Holly grinste. „Wieviel hat es gekostet?"
„Frag nicht." Belinda verzog schmerzerfüllt das Gesicht.
Holly lachte. „Warte nur bis heute abend. Du wirst sehen, das Zeug ist sein Geld wert."
Die Teestube war überfüllt. Die Mädchen blieben in der Tür stehen und stellten sich auf die Zehenspitzen, um den Raum besser überblicken zu können.
„Ich kann Tracy nirgends entdecken", stellte Holly fest. „Dabei müßte sie schon seit zwanzig Minuten hier sein."
„Vielleicht hatte sie das Warten satt", vermutete Belinda. „Du weißt doch, wie sie ist."
„Nein." Holly ließ ihren Blick von einem besetzten Tisch zum nächsten schweifen. „Sie hat gesagt, sie würde warten."
Eine Kellnerin kam auf sie zu. „Im Augenblick ist leider kein Tisch frei. Möchtet ihr warten?"
„Wir waren hier verabredet", antwortete Holly. „Mit einem Mädchen in unserem Alter. Sie hat blondes Haar und blaue Augen. Haben Sie sie zufällig gesehen?"
Die Kellnerin warf einen bedeutungsvollen Blick auf das volle Lokal und schüttelte dann den Kopf. „Heute war den ganzen Tag viel los. Ich kann es dir wirklich nicht sagen."
„Ja, natürlich." Holly war enttäuscht. „Trotzdem vielen Dank."
An einem Tisch in der Nähe der Tür erhoben sich einige Damen im mittleren Alter, die offensichtlich gehen wollten.
„Wir setzen uns dorthin", entschied Belinda.

Holly sah sie an. „Tracy ist bestimmt schon nach Hause gegangen. Es hat keinen Sinn, noch hierzubleiben."
„Das glaubst du!" verkündete Belinda und steuerte den freigewordenen Tisch an. „Hier gibt es einen Schokoladenkuchen, der etwas ganz anderes sagt. Und außerdem habe ich mir eine kleine Stärkung redlich verdient."
Holly lachte.
Es dauerte eine gute halbe Stunde, bis Belinda sich so weit erholt hatte, daß sie die Teestube verlassen und mit Holly zu sich nach Hause fahren konnte.
Im Haus der Hayes ging es zu wie in einem Zirkus mit drei Manegen, und Belindas Mutter war der Raubtierdompteur. Die Lieferanten vom Partyservice waren gerade dabei, in dem großen Hinterzimmer, in dem die Party stattfinden sollte, die Tische zu decken. Wo immer Holly und Belinda sich auch aufhielten, sie standen jemandem im Weg. Sie sahen kurz in den Partyraum hinein. An einer Wand standen lange, weißgedeckte Tische voller Flaschen und Gläser.
„Hier siehst du die Geheimwaffe meiner Mutter." Belinda grinste Holly an. „Darauf legt sie es an. Sie wartet, bis alle Gäste einen Schwips haben, und entlockt ihnen dann dicke, fette Schecks."
„Sei bitte nicht albern", sagte Mrs. Hayes und schob ihre Tochter geschickt aus dem Weg. Trotz ihres gestreßten Gesichtsausdrucks sah Mrs. Hayes wie immer tadellos aus. Holly hatte noch nie erlebt, daß die Frisur von Belindas Mutter einmal nicht tadellos gewesen wäre.
„Können wir uns irgendwie nützlich machen?" fragte Belinda, die ganz eindeutig ein „Nein" zu hören hoffte.
„Im Augenblick reicht es, wenn ihr versucht, niemandem

im Weg zu sein", antwortete Mrs. Hayes. „Nachher gibt es noch genug zu tun." Sie warf einen Blick in den Partyraum. „Nein, nein!" rief sie und hastete davon, um etwas richtigzustellen. „Ich sagte doch, die Stühle sollen an der Wand aufgestellt werden."

„Mir scheint, wir werden hier nicht gebraucht", stellte Belinda fest. „Wie wäre es mit etwas Eis?"

Doch in der Küche ging es ebenso chaotisch zu wie in den übrigen Räumen. Die Mädchen kamen nicht einmal an den Gefrierschrank, denn überall standen mit Folie abgedeckte kalte Platten und Schüsseln herum. Schließlich verbrachten die beiden einige Minuten in Miltons Stall am Ende des großen Gartens und striegelten ihn kurz über.

„Manchmal glaube ich, du tust nichts anderes, als dein Pferd zu pflegen", sagte Holly.

Belinda grinste. „Ich tue es gern." Sie klopfte Miltons kräftigen Hals. „Außer wenn er mit mir durch den Schlamm donnert und so vermatscht nach Hause kommt wie gestern." Sie warf Holly einen kurzen Blick zu. „Weißt du noch? Gestern hatte ich doch diesen weißen Schlamm von dem leerstehenden Haus auf meiner Reithose." Sie lachte. „Aber das war nichts im Vergleich dazu, wie *er* aussah."

„Was meinst du, sollten wir Tracy anrufen?" fragte Holly. „Ich wüßte zu gern, wie es ihr bei der Polizei ergangen ist."

„Gute Idee", sagte Belinda.

Sie schlenderten zum Haus zurück.

Die Hektik hatte sich noch nicht gelegt. Ganz im Gegenteil – sie schien noch größer geworden zu sein. Mrs.

Hayes telefonierte, und im Partyraum war jemand dabei, das Klavier zu stimmen.
Belinda und Holly warteten geduldig. Mrs. Hayes saß in einer stillen Ecke und hatte das Telefon auf dem Schoß. Sie warteten, bis sie den Hörer auflegte.
„Darf ich jetzt telefonieren?“ fragte Belinda.
Doch Mrs. Hayes schüttelte den Kopf. „Jetzt nicht, Liebes. Ich muß noch unzählige Leute anrufen.“
Holly und Belinda sahen sich an.
„Können wir dann eben für eine halbe Stunde zu Tracy gehen?“ fragte Belinda.
Mrs. Hayes sah ihre Tochter entgeistert an. „Auf keinen Fall! Hier ist viel zuviel zu tun. Ich versuche gerade, deinen Vater zu erreichen. Wenn ich ihn nicht an die Party erinnere, wird er zu spät kommen oder überhaupt nicht auftauchen. Du weißt ja, wie er ist. Also wirklich, Belinda. Es gibt so vieles, bei dem ihr beide mir helfen könntet.“
Noch bevor Belinda ein weiteres Wort hervorbringen konnte, hatte Mrs. Hayes ihr auch schon eine Latte von Aufgaben übertragen, die fast so lang war wie Miltons Hinterbein.
„Wir können Tracy auch nachher anrufen“, sagte Holly. „Wenn etwas Interessantes passiert ist, wird sie sich bestimmt melden.“
„Falls sie es schafft, am Telefon durchzukommen“, bemerkte Belinda düster. „Als wenn es nicht schon schlimm genug wäre, all diese lästigen Sachen erledigen zu müssen, muß ich mich nachher auch noch in Schale werfen.“ Sie sah Holly mißmutig an. „Das Leben ist wirklich schrecklich.“

„Nun stell dich nicht so an. Du wirst sehen, es wird dir Spaß machen."
Belinda bedachte Holly mit einem Blick, der ihre Zweifel besser ausdrückte, als Worte dies vermocht hätten.

Holly trat einen Schritt zurück, als Belinda sich im Spiegel betrachtete.
„Es hat keinen Sinn. Ich kann so nichts sehen." Belinda setzte ihre Brille auf und sah noch einmal in den Spiegel. „Das bin nicht ich!" rief sie aus.
Die Mädchen hatten sich in Belindas Zimmer zurückgezogen, um sich für die Party umzuziehen. Da Holly schon damit gerechnet hatte, daß es ein hektischer Tag werden würde, hatte sie ihre Partykleidung schon morgens zu den Hayes mitgenommen, als die Mädchen die Kette in den Tresor brachten. Nun brauchte sie ihr Kleid nur noch auszupacken und einige Minuten auf einen Bügel zu hängen, damit es sich wieder glättete.
Holly war wie immer erstaunt, als sie einen Blick in Belindas übervollen Kleiderschrank warf. „Warum trägst du diese Kleider nie?" fragte sie voller Neid. „Ich wäre schon zufrieden, wenn ich nur die Hälfte davon hätte!"
„Bedien dich", sagte Belinda. „Von mir aus kannst du alles haben. Du tätest mir damit sogar einen Gefallen."
„Ich fürchte nur, daß mir deine Sachen nicht passen", sagte Holly.
„Willst du damit andeuten, daß ich zu dick bin?" fragte Belinda gereizt.
„Nein", erwiderte Holly lächelnd. „Ich bin zu dünn."
„Muß ich diesen Lippenstift benutzen?" fragte Belinda.
„Ja."

„Er schmeckt aber komisch."
„Er ist ja auch nicht zum Essen gedacht", betonte Holly. „Du hast ihn überall auf deinen Schneidezähnen. Laß mich das machen."
Belinda stülpte die Lippen vor, und Holly trug vorsichtig den Lippenstift auf.
„Koisch, dasch raschi schich nich schemeldet hat", sagte Belinda.
Holly sah sie verwundert an. „Was?"
Belinda entspannte ihren Mund. „Ich sagte, es ist komisch, daß Tracy sich nicht gemeldet hat. Inzwischen hätten wir doch irgend etwas von ihr hören müssen. Ich werde versuchen, sie anzurufen." Sie grub ihr Telefon unter einem Stapel von Gegenständen aus und hob den Hörer ab.
„Oh, tut mir leid, Mom." Belinda legte wieder auf. Sie sah Holly an. „Sie hängt *immer noch* am Telefon. Kein Wunder, daß wir nichts von Tracy gehört haben. Wahrscheinlich versucht sie schon den ganzen Nachmittag, uns zu erreichen."
„Es gibt bestimmt nichts Wichtiges zu berichten", sagte Holly. „Wenn das der Fall wäre, hätte sie sich längst auf ihr Rad geschwungen und wäre hergekommen. Mich wundert allerdings, daß die Polizei noch nicht hier war, um sich die Halskette anzusehen. Man sollte meinen, daß sie sich dafür interessiert, findest du nicht?"
„Ein Glück, daß sie es nicht tut." Belinda zupfte am Oberteil ihres Kleides herum. „Das hätte unseren Plan zunichte gemacht."
„Es gibt noch eine Kleinigkeit, die mich beunruhigt. Was wird deine Mutter sagen, wenn du mit teuer aussehen-

den Juwelen behängt ins Zimmer schwebst? Du kannst nicht hoffen, daß sie die Kette nicht bemerkt."

„Kein Problem", antwortete Belinda. „Ich erzähle ihr einfach, daß ich die Kette aus dem Theaterfundus unserer Schule ausgeliehen habe. Mach dir darüber keine Sorgen. Es ist ja schließlich kein echter Schmuck."

„Nein", stimmte Holly ihr zu. „Obwohl - wenn man bedenkt, welchen Ärger diese Kette schon verursacht hat, könnte sie durchaus echt sein." Sie sah ihre Freundin nachdenklich an. „Ich finde es immer noch merkwürdig, daß sich jemand so viel Mühe gibt, nur um eine unechte Kette in die Hände zu bekommen."

„Du weißt doch, was Tracy gesagt hat. Eine neue Kollektion von Scheherazade kann ein Vermögen wert sein, wenn man die Entwürfe stiehlt und sie als seine eigenen verkauft."

„Ja, ich weiß", sagte Holly. „Aber das hier ist keine Kollektion, sondern nur eine einzige Halskette. Und wenn jemand behaupten will, er hätte die gesamte Kollektion entworfen, braucht er doch mehr als nur eine Kette, oder etwa nicht? Er braucht den kompletten Schmuck."

„Wir wissen doch gar nicht, ob sie die anderen Stücke der Kollektion nicht längst haben", wand Belinda ein. „Vielleicht war die Kette das einzige Stück, das Judy abschikken konnte, bevor sie erwischt wurde. Ich wünschte nur, du würdest aufhören, ständig neue Probleme zu erfinden."

„Tut mir leid." Holly war zerknirscht. „Ich werde kein Wort mehr sagen. Bist du bereit für deinen Auftritt?"

„Ich weiß nicht", antwortete Belinda. „Was sagst du?"

Holly betrachtete Belinda voller Bewunderung.

Belinda kam sich zwar vor wie ein prachtvoll aufgeputzter Christbaum, doch sie sah tatsächlich sehr gut aus in ihrem langen, roten Kleid, mit dem von Holly geschminkten Gesicht und dem gebürsteten Haar.
„Du bist schön genug", entschied Holly.
Sie hörten das Läuten der Türglocke.
„Das ist der erste." Belinda lauschte. „Wir warten noch eine halbe Stunde, dann schleichen wir uns ins Arbeitszimmer meines Vaters und holen die Kette aus dem Tresor." Sie grinste fröhlich. „Weißt du was", sagte sie. „Inzwischen freue ich mich fast darauf."

Als Holly und Belinda aus dem Arbeitszimmer kamen, begrüßte Belindas Vater gerade einige Gäste.
„Meine Güte!" Mr. Hayes stand mit offenem Mund in der Halle, ein Glas Champagner in der Hand, und machte ein erstauntes Gesicht. „Belinda! Was ist mit dir passiert?"
„Hi, Dad", sagte Belinda und grinste. „Gefällt's dir?"
Er schüttelte ungläubig den Kopf. „Es ist, als wäre ein Schmetterling aus seinem Kokon geschlüpft." Er strahlte Holly an. „Hattest du deine Finger im Spiel?" fragte er. „Ich kann mir nicht vorstellen, daß Belinda das alles allein gemacht hat."
„Ich habe ihr ein wenig geholfen", gab Holly zu.
„Ich bin einfach sprachlos. Ihr seht… ihr beide seht…" Er schüttelte wieder den Kopf. „Wirklich sehr ansehnlich. Hat deine Mutter dich schon gesehen?"
„Noch nicht, und, Dad, freu dich nicht zu früh. Das hier ist eine einmalige Sache. Morgen heißt es wieder Jeans und Sweatshirts."

Mr. Hayes betrachtete seine Tochter genauer. „Ist das eine von den Ketten deiner Mutter?" fragte er. „Sie kommt mir so unbekannnt vor."
„Ich habe sie mir geliehen", schwindelte Belinda. „Sie ist nicht echt."
„Sie steht dir trotzdem ausgezeichnet, Belinda." Er nickte ihr anerkennend zu und wendete sich dann wieder seinen Gäste zu.
„Das war's", flüsterte Belinda. „Verhör vorbei. Jetzt können wir uns unters Volk mischen."
Aus den geöffneten Türen zum Partyraum erklang unverständliches Stimmengewirr. Seit die Mädchen zuletzt in den Raum geschaut hatten, hatte er sich sehr verändert. Jetzt war er voller Menschen in Abendgarderobe, die offenbar alle versuchten, sich über dem allgemeinen Lärm Gehör zu verschaffen. In einer Ecke saß eine junge Frau am Klavier, doch die Musik war über all den Unterhaltungen kaum zu hören.
„Welche von den Gästen sind denn die Juweliere?" flüsterte Holly.
„Ich habe keine Ahnung", antwortete Belinda und starrte auf die unzähligen Menschen. „Wäre es nicht praktisch, wenn sie alle kleine Schildchen tragen würden?"
„Ich dachte, du kennst einige von ihnen."
„Ja, kann schon sein", sagte Belinda. „Laß uns ein wenig herumschlendern, vielleicht erkenne ich jemanden."
Was Belinda unter „herumschlendern" verstand, wurde Holly sofort klar, als ihre Freundin den direkten Weg zum kalten Buffet einschlug, das am hinteren Ende des Raumes aufgebaut war.
„Hallo, Belinda", sagte eine Dame in einem leuchtend

grünen Kleid. „Du siehst heute ungewöhnlich hübsch aus. Ich glaube, ich habe dich noch nie zuvor in einem Kleid gesehen."

Belinda lächelte höflich und ging weiter, dicht gefolgt von Holly. „Wenn noch jemand so einen dummen Spruch macht, gehe ich nach oben und ziehe meine Jeans wieder an", zischte sie. „Ich wette, insgeheim lachen alle über mich."

„Sei nicht blöd", zischte Holly zurück. „Alle finden dich toll."

„Das mag ja sein", sagte Belinda schwermütig. „Aber ich finde mich überhaupt nicht toll. Ich komme mir albern vor." Sie lud sich diverse Häppchen auf einen Partyteller, und die beiden entfernten sich wieder von den Tischen. Sie drückten sich in dem überfüllten Raum herum und versuchten, möglichst viele Gesprächsfetzen aufzuschnappen. „Es hat keinen Sinn", stellte Holly schließlich fest. „Kein Mensch beachtet deine Kette. Du wirst mit den Leuten reden müssen."

„Worüber denn?"

„Ich weiß nicht. Worüber kannst du denn reden? Du mußt doch wissen, was man auf einer Party so redet."

„Das mußt du machen", wehrte Belinda ab. „Ich kann nur über Pferde reden, aber soweit ich es beurteilen kann, schwatzen alle Leute hier nur über Geld." Sie reckte ihren Hals. „Holly! Ich glaube, den kenne ich!" Sie zeigte mit einem Ruck ihres Kopfes auf einen großen, hageren Mann mit zurückgekämmtem grauem Haar, der sich am anderen Ende des Raumes mit einigen anderen Gästen unterhielt.

„Ein Juwelier?" flüsterte Holly.

„Ja, ich glaube schon. Er heißt Mudlark oder so ähnlich."
„Mudlark?" fragte Holly erstaunt. „Bist du dir sicher?"
„Irgend etwas in der Art. Er hat den großen Laden in der Market Street. Du kennst ihn bestimmt."
„Du meinst das Geschäft von Mr. Medlock?" fragte Holly lachend.
Belinda nickte. „Genau. Den meine ich." Sie sah Holly fragend an. „Nun? Soll ich ihm die Kette unter die Nase halten?"
Sie hatten den Raum zur Hälfte durchquert, als sie auf Belindas Mutter trafen.
„Hallo, Mädchen", sagte sie. „Ihr seht wirklich..." Sie starrte ihre Tochter an. „Ihr seht..."
„Ich nehme an, großartig ist das Wort, nach dem du suchst", sagte Belinda und lächelte ein wenig.
„Ich wollte eigentlich sagen, daß du ein wenig übertrieben hast", sagte Mrs. Hayes und sah auf die Halskette.
„Gefällt sie dir nicht?" wollte Belinda wissen.
„Doch, sie ist sehr schön", sagte Mrs. Hayes und beugte sich vor. „Solchen Schmuck trägt man nicht zu informellen Anlässen wie diesem", flüsterte sie ihrer Tochter ins Ohr. „Er wirkt... deplaziert."
„Es ist nur Modeschmuck", sagte Belinda.
Mrs. Hayes Augenbrauen hoben sich. „Das weiß ich natürlich, Liebes. Genau darum geht es. Aber laß nur, ich habe jetzt ohnehin keine Zeit, dir einen Vortrag darüber zu halten, was sich gehört und was nicht."
Einer der Herren, mit denen Mrs. Hayes sich unterhalten hatte, beugte sich vor, um sich die Kette anzusehen. „Das ist ein sehr schönes Stück. Etwas in der Art suche ich für meine Frau."

Holly horchte auf.
„Wenn es dir nichts ausmacht, würde ich gern fragen, woher du die Kette hast“, sagte der Mann und lächelte.
„Ich habe sie aus dem Theaterfundus der Schule ausgeliehen“, sagte Belinda.
Der Mann runzelte die Stirn.
Holly spürte ein aufregendes Kribbeln.
„Das erstaunt mich“, sagte der Mann. „Du mußt mir verraten, welche Schule du besuchst. Wenn ihr Dinge wie diesen Schmuck habt, würde ich zu gern einmal eure Requisiten durchsehen.“
Belinda lachte höflich – sie gewöhnte sich allmählich daran, höflich zu lachen – und schlenderte weiter.
Holly holte sie schnell ein. „Das könnte unser Mann sein“, flüsterte sie Belinda ins Ohr. „Warum hast du dich nicht länger mit ihm unterhalten?“
Belinda bedachte sie mit einem mitleidigen Blick. „Weil er unser Stellvertretender Polizeichef ist“, sagte sie.
„Ach“, sagte Holly enttäuscht.
„Ich könnte schon wieder einen Happen essen“, verkündete Belinda.
Sie bahnten sich erneut einen Weg zum Büfett. Belinda wollte gerade einen Löffel voll Krautsalat auf ihren Teller häufen, als Holly ihren Arm packte.
„Vorsicht“, mahnte Belinda.
„Hör doch“, zischte Holly. „Ich habe gerade jemanden Scheherazade erwähnen hören.“
Belinda sah sich unauffällig um. Ein Stück von ihr entfernt stand der Mann, den sie als Besitzer des Juweliergeschäftes Medlock erkannt hatte, und unterhielt sich mit einem anderen Gast.

„Bist du sicher?“ flüsterte Belinda.
Holly nickte. Die beiden Mädchen schlichen sich näher heran.
„Er wird im Gefängnis landen“, sagte Medlock. „Da gibt es keinen Zweifel.“
Der andere Mann nickte zustimmend. „Man sollte meinen, daß sie vernünftige Sicherheitsvorkehrungen treffen würden, wenn es um solche Werte geht“, sagte er. „Ich kann mir nicht vorstellen, wie jemand so leichtsinnig sein kann.“
„Ach, das ist typisch für die Amerikaner“, bemerkte Medlock. „Wenn ich mir so wertvolle Stücke geliehen hätte, hätte ich eine ganze Armee angeheuert, um sie zu bewachen.“
„Ganz abgesehen davon, daß *unsere* königliche Familie niemandem ihre Juwelen ausleihen würde“, sagte der andere Mann.
Medlock lachte. „Zumindest niemandem wie uns.“ Er drehte sich um, um sein Glas vom Tisch zu nehmen, und stieß dabei Belinda mit dem Ellenbogen an.
„Entschuldigen Sie“, sagte er und sah sie erst dann an. Seine Hand blieb mitten in der Luft stehen. Seine Augen verharrten für den Bruchteil einer Sekunde auf der Halskette, und dann lächelte er und sah wieder weg.
Holly und Belinda tauschten einen schnellen Blick.
War ein Ausdruck des Erkennens über sein Gesicht gehuscht, als er die Kette betrachtet hatte? Wenn Holly ehrlich war, mußte sie zugeben, daß dies nicht der Fall gewesen war. Aber sie war sicher, daß es bei der Unterhaltung der beiden Männer um Scheherazade gegangen war. Vor allem aber war sie sicher, daß Medlock wenige

Minuten zuvor den Namen Scheherazade tatsächlich erwähnt hatte.
„Wir müssen reden", flüsterte sie Belinda ins Ohr.
Belinda nickte, und die beiden durchquerten den Partyraum und schlüpften hinaus in die Halle.
„Er hat von Scheherazade gesprochen", behauptete Holly. „Aber worum ging es wohl, als er von Gefängnis und Leichtsinn sprach?"
Belinda sah sich um. „Nicht hier", entschied sie. „Laß uns nach oben in mein Zimmer gehen."
In ihrem Zimmer angekommen, schlug Belinda die Tür hinter sich zu und lehnte sich außer Atem und mit weit aufgerissenen Augen dagegen.
„Hast du denn nicht gemerkt, wovon die beiden gesprochen haben?" keuchte sie. „Sie sprachen davon, daß die königlichen Juwelen verschwunden sind. Das meinte Medlock, als er davon sprach, eine ganze Armee zur Bewachung anzuheuern. Die Juwelen des Königshauses, Holly!"
„Und Tracy hat uns erzählt, daß sich ihr Onkel einige der thailändischen Kronjuwelen ausgeliehen hat, um eine Kollektion von Kopien herzustellen", sagte Holly. „Die neue Kollektion. Die Originale müssen verschwunden sein. Das muß er gemeint haben."
Belinda starrte entsetzt auf die glitzernde Kette an ihrem Hals. „O nein", sagte sie. „Nein, nein, das kann nicht sein", stieß sie voller Panik hervor. „Das ist doch nicht möglich, Holly, oder? Bitte, Holly, sag mir, daß es nicht möglich ist."
Mit zitternden Händen öffnete sie den Verschluß der Kette und breitete sie auf ihrer Handfläche aus. Die Dia-

manten funkelten sie an, die Rubine leuchteten wie Feuer, und die feine Silberarbeit schimmerte im Licht.

„Na... natürlich nicht", stammelte Holly. „Die Kette ist nie im Leben echt. Das würde man doch sehen, oder? Wenn diese Juwelen echt wären, würden sie..." Sie verstummte unsicher.

„Ich weiß, wie man prüft, ob Diamanten echt sind", sagte Belinda mit zitternder Stimme. „Unechte Steine können kein Glas schneiden, wohl aber echte Diamanten."

Beide begannen, sich nach einem Stück Glas umzusehen.

„Das wird gehen", sagte Belinda. Sie meinte ein Foto von Milton, das in einem rahmenlosen Bildträger über ihrem Bett hing. Belinda sprang auf ihr Bett, nahm das Bild ab und zerrte fieberhaft an den Verschlüssen, um die Glasscheibe abzunehmen. Holly kniete sich neben sie auf den Boden, und beide hielten den Atem an, als Belinda die Halskette zusammendrückte und sie mit leichtem Druck langsam über die Glasscheibe zog.

Es ertönte ein leises, kratzendes Geräusch. Die Diamanten hatten tiefe weiße Riefen auf der Glasplatte hinterlassen. Den Mädchen hatte es die Sprache verschlagen, und so konnten sie einander nur ansehen.

„Oh, Wahnsinn!" murmelte Belinda. „Fang mich auf, Holly. Ich glaube, ich werde ohnmächtig."

9

Noch eine Entführung

„Wohin bringen Sie mich?“ fragte Tracy.
Tony Meyer hielt seine hinter einer dunklen Sonnenbrille verborgenen Augen unverwandt auf die Straße gerichtet.
„Nach Kalifornien“, sagte er. „Es wird dir dort gefallen. Sonne, Meer und Strand.“
„Sehr witzig“, murmelte Tracy.
Tony Meyer grinste häßlich. „Auf eine dumme Frage gibt es eine dumme Antwort. Kennst du das Sprichwort?“
„Ja, und ich kenne noch ein anderes: Verbrechen zahlt sich nicht aus.“
Tony Meyer brüllte vor Lachen. „Das glaubst aber auch nur du. Du sprichst mit einem steinreichen Mann, Tracy Foster.“
„Mein Onkel hat Ihnen vertraut.“
„Dein Onkel ist ein Idiot“, sagte Tony Meyer und grinste. „Und da wir gerade bei Sprichwörtern sind: Kennst du die Redensart ‚jemanden an der Nase herumführen‘?“ Er warf ihr einen kurzen Blick zu. „Ich habe deinen Onkel eine lange Zeit an der Nase herumgeführt. Aber jetzt ist meine große Stunde gekommen. Jetzt schnappt sich

Tony Meyer den Hauptgewinn und macht sich aus dem Staub."

Tracy vermutete, daß sie bisher etwa eine halbe Stunde gefahren waren. Willow Dale lag längst weit hinter ihnen, und sie befanden sich nun inmitten der sanften Hügel von Yorkshire. Die weite, offene Landschaft wurde nur gelegentlich von einem Haus oder Gehöft unterbrochen.

Tracy hatte versucht, sich die gefahrene Strecke einzuprägen, doch sie machte so viele Kurven und Schlenker, daß sie vollkommen die Orientierung verloren hatte. Außerdem war sie mittlerweile überzeugt davon, daß Tony Meyer mit ihr absichtlich im Kreis herumfuhr, damit sie nicht merkte, wohin die Fahrt ging.

Auf einer langen, einsamen Landstraße brachte Tony Meyer plötzlich den Wagen zum Stehen und schaltete den Motor ab. Die plötzliche Stille machte Tracy Angst.

„Weißt du, wo wir sind?" fragte Tony Meyer.

„Nein", sagte Tracy schnell. Sie hatte die Karte der Umgebung von Willow Dale im Kopf und hoffte – *hoffte* –, sich alle Kurven richtig gemerkt zu haben.

„Weißt du, ich bin mir nicht sicher, ob ich dir glauben soll", sagte Tony Meyer grinsend.

„Was haben Sie mit mir vor?" fragte Tracy.

Tony Meyer beugte sich zu ihr herüber und brachte sein Gesicht dicht vor ihres, doch seine Sonnenbrille verhinderte, daß sie seine Augen sehen konnte.

„Wo ist sie?" fragte er.

„Ich weiß nicht, wovon Sie reden", murmelte Tracy.

Tony Meyer zog die Pistole aus der Tasche und richtete sie auf Tracy. „Siehst du das?"

„Ja."
„Also gut." Sein Gesicht kam noch näher. „Wo ist sie?"
„Ich weiß nicht, wovon Sie reden." Tracy sprach betont gelassen.
„Ich denke doch", sagte Tony Meyer. „Ein kleines Geschenk von deiner Cousine Judy. Weißt du jetzt, wovon ich rede?"
„Die Pralinen?" Stell dich dumm, sagte sie sich. Überzeuge ihn, daß du von nichts weißt.
Tony Meyer steckte die Waffe wieder ein. „Ja, die Pralinen. Sag mir, was du mit der Pralinenschachtel gemacht hast, und ich lasse dich sofort laufen."
„Ich weiß nicht, wo sie ist", stieß Tracy hervor. „Ich habe sie verschenkt. Ich mag keine Zartbitterschokolade."
„Ich bin mir nicht sicher, ob du versuchst, die Heldin zu spielen, oder ob du nur dämlich bist", sagte Tony Meyer.
„Ich bin bestimmt keine Heldin", murmelte Tracy.
„Nein?" Er schlug mit beiden Händen auf das Lenkrad. „Auf den Rücksitz!" brüllte er plötzlich.
„Was?"
„Scher dich auf den Rücksitz. Los, beweg dich. Ich habe genug von deinen Lügen."
Tracy löste ihren Sicherheitsgurt und kletterte zwischen den Vordersitzen hindurch nach hinten. Tony Meyer zog ein Seil unter dem Fahrersitz hervor und beugte sich dann über sie. Blitzschnell fesselte er Tracy an Händen und Füßen und riß an dem Seil, bis sie auf dem Rücksitz lag. Er zog eine Decke unter ihr heraus. Das letzte, was Tracy sah, bevor er ihr die Decke über den Kopf warf, war sein kaltes, berechnendes Grinsen.

Tracy hatte das Gefühl, zu ersticken. Die Decke roch muffig, als hätte sie jahrelang auf einem feuchten Dachboden gelegen. Das Auto schoß vorwärts über unebene Straßen und durch scharfe Kurven, und Tracy wurde auf dem Rücksitz herumgeschleudert. Ihre Lage war so unbequem, daß sie kaum Zeit hatte, an etwas anderes zu denken. Anfangs hatte sie versucht, durch Drehen der Handgelenke die Fesseln zu lösen. In Filmen klappte das immer. Doch Tracy war leider nicht in einem Film; sie lag auf dem Rücksitz eines Autos, das von einem bewaffneten Mann wer-weiß-wohin gefahren wurde.
Tracy versuchte, sich die Kurven zu merken. In Rechtskurven schlug ihr Kopf gegen die Tür, und in Linkskurven waren es ihre Füße. Merk dir die Stöße, befahl sie sich. Drei Stöße nach links. Einer nach rechts. Sie rollte ein wenig nach vorn, also fuhren sie bergab. Ein weiterer Stoß gegen den Kopf. Sie prallte gegen die Rückenlehne. Also bergauf. Stoß nach links. Besonders heftiges Schütteln – hier mußte die Straße extrem schlecht sein. Die schlechte Straße führte bergab. Hoffentlich würden ihr all diese Informationen etwas nützen, wenn es ihr irgendwann gelingen sollte, sich zu befreien.
Die Dauer der Fahrt ließ darauf schließen, daß sie schon kilometerweit von Willow Dale entfernt waren. Es sei denn, daß Tony Meyer tatsächlich mit ihr im Kreis herumfuhr, um sie zu verwirren.
Das Auto wurde langsamer, und sie hörte ein neues Geräusch. Nicht das Rollen der Räder auf Asphalt, sondern etwas Lauteres und Weicheres. Es mußte Sand sein. Das Geräusch eines Sandweges, unterbrochen von deutlichem Platschen, als ob sie durch Pfützen führen.

Plötzlich verstummte das Motorgeräusch. Tracy lag ganz still und lauschte angestrengt. Was passierte jetzt? Sie hörte, wie die Fahrertür geöffnet wurde, und spürte wenige Sekunden später, wie kalte Luft durch die Decke drang, als Tony Meyer die hintere Wagentür aufriß.
Sie fühlte, daß er sich über sie beugte, und atmete erleichtert auf, als er die Fesseln an ihren Füßen löste.
„Raus!" befahl er.
„Ich kann nicht", stieß Tracy hervor. „Ich kann mich nicht bewegen."
Tony Meyer packte sie an den Schultern und hob sie aus dem Wagen. Unter ihren Füßen spürte sie knirschenden, weichen Sand. Genaugenommen schien es jedoch kein Sand zu sein, sondern eher körniger Schlamm.
Sie hatte immer noch die Decke über dem Kopf und konnte deshalb nicht sehen, wo sie war. Durch den groben Stoff konnte sie allerdings erkennen, daß es immer noch hell war. So lange waren sie also nicht gefahren.
Tony Meyer versetzte ihr einen Stoß in den Rücken und schlug die Wagentür zu. Der Schlamm sog an ihren Schuhen, als sie blindlings vorwärtsstolperte. „Jetzt kommt eine Stufe", zischte er.
Ihr Fuß traf die Stufe, und sie wäre beinahe gestürzt. Eine kräftige Hand packte ihren Arm. „Paß auf", warnte die eisige Stimme. „Wir wollen doch nicht, daß dir etwas passiert."
Sie hörte das Knarren einer Tür, und als sie weiter vorwärtsgestoßen wurde, fiel ihr auf, daß es um sie herum dunkler wurde und daß sich die Atmosphäre veränderte. Sie war in irgendeinem Gebäude. So viel war klar. Aber was war es für ein Gebäude? Und wo war es?

Ihre Schritte und die ihres Entführers hallten merkwürdig, als wären sie in einem riesigen Raum. Dazu noch der Geruch. Ein muffiger, abgestandener Geruch, der Tracy an alte Kellerräume denken ließ. Es roch nach Moder.
Tony Meyer führte sie tief in das Gebäude. Plötzlich stieß er sie rückwärts. Ihre Kniekehlen stießen gegen etwas Hartes, und sie fiel auf eine Art Sitz. Endlich nahm er ihr auch die muffige Decke ab.
Tracy blinzelte ihn an. Sie befanden sich in einem verfallenen Zimmer. Die Tapete hing in feuchten Fetzen von den Wänden, und die vor Schmutz starrenden Fensterscheiben ließen nur wenig Licht ein. Hier und dort standen ein paar alte, schäbige Möbelstücke, und ein Tisch war in die Mitte des Raumes geschoben worden.
Tracy warf einen Blick nach oben. Von der Decke war der Putz abgeblättert, und Tracy konnte die wurmstichigen Deckenbalken sehen. An einer Stelle konnte sie durch die fehlenden Bodenbretter sogar bis in den darüberliegenden Raum blicken.
Das war kein normales Haus. Die Zimmer waren sehr hoch. Es mußte ein aufgegebenes Herrenhaus sein. In den Hügeln von Yorkshire gab es eine ganze Reihe solcher alten Landsitze. Im Augenblick allerdings wirkte dieser Ort auf Tracy alles andere als luxuriös. So wie dieser Raum aussah, wäre es kaum verwunderlich, wenn ihnen das ganze Gebäude über den Köpfen zusammenbrechen würde.
Tony Meyer stand mit dem Rücken zu ihr am Tisch. Einen Moment lang überlegte Tracy, was er dort tat, doch dann sah sie, wie er ein tragbares Telefon ergriff

und eine Nummer wählte. Er hielt sich das Telefon ans Ohr. Es war so still, daß sie hören konnte, wie das Telefon klickte. Es nahm niemand ab.
„Verflucht!" sagte Tony Meyer und knallte das Telefon auf den Tisch. Er sah sich zu ihr um, und da er seine Sonnenbrille abgenommen hatte, schien sein Blick sie zu durchbohren. Er hatte stechende, blaue Augen.
Tracy sah ihn betont gleichmütig an und wartete darauf, daß er etwas sagte.
„Verflucht!" murmelte er noch einmal. Er lief unruhig zum Fenster und starrte hinaus.
„Was haben Sie mit Judy gemacht?" fragte Tracy, und ihr Mund war schrecklich trocken.
„Schnauze!" befahl er grob, schritt zurück zum Tisch, nahm das Telefon und wählte erneut.
Tracy beobachtete ihn. Bisher hatte er gelassen und ruhig gewirkt. Doch die Tatsache, daß er seinen Partner nicht erreichen konnte, schien ihn nervös zu machen. Er ließ das Telefon lange klingeln, bevor er es ungeduldig auf den Tisch zurückwarf.
„Meine Mutter wird mich inzwischen sicher vermissen", sagte Tracy leise.
Er drehte sich zu ihr herum, und wieder spürte sie, wie der Blick seiner eiskalten blauen Augen sie durchbohrte. „Dann solltest du sie lieber beruhigen, meinst du nicht?" Er nahm das Telefon wieder in die Hand. „Was habt ihr für eine Nummer?"
Tracy sagte ihm die Nummer. Er stellte sich dicht neben sie, um mithören zu können. „Sag ihr, daß es dir gutgeht", befahl er. „Sag ihr, daß du mit deinen Freundinnen unterwegs bist." Er hockte sich neben sie und hielt das

Telefon so, daß Tracy hineinsprechen konnte, er aber auch hören konnte, was ihre Mutter sagte.
„Hallo?“ Es war die Stimme ihrer Mutter.
„Mom?“ sagte Tracy. „Ich bin es.“
„Tracy! Um Himmels willen, Mädchen, wo steckst du?“
„Mir geht es gut, Mom“, sagte Tracy und die Art, wie Tony Meyer sie anstarrte, ließ sie schaudern. „Ich... ich bin auf einer Radtour mit Holly. Wir haben uns verfahren und sind noch kilometerweit weg. Es wird noch eine Weile dauern, bis ich nach Hause komme, Mom.
„Wo bist du? Geht es dir gut?“
„Ja, mir geht es gut. Holly hat einen platten Reifen, das ist alles. Ich komme bald, Mom.“
„Tracy! Ich kann nicht glauben, daß du das getan hast! Wir waren...“ Tony Meyer nahm das Telefon von Tracys Ohr weg und legte eine Hand über die Sprechmuschel.
„Verabschiede dich“, flüsterte er und hielt ihr das Telefon wieder vor den Mund.
„Ich muß Schluß machen, Mom. Ich bin in einer Telefonzelle, und hier steht jemand und will telefonieren.“
„Aber, Tracy...“
Tony Meyer drückte den Knopf, der das Gespräch beendete. Er stand auf. „Also gut“, sagte er und sah auf sie herunter. Seine Augen waren wirklich stechend. Tracy hatte das Gefühl, als könnte er damit durch ihren Kopf hindurch ihre Gedanken lesen. Er griff in seine Jackentasche, die Tasche, in der er die Pistole hatte. „Und jetzt“, sagte er mit eisiger Gelassenheit, „werden wir überlegen, was mit dir geschehen soll.“

10

Eine Höllenfahrt

„Du wirst doch nicht wirklich ohnmächtig, oder?“ fragte Holly.

„Eigentlich müßte ich es“, antwortete Belinda. „Immerhin bin ich den ganzen Abend seelenruhig mit gestohlenen Kronjuwelen im Wert von vielen hunderttausend Pfund herumspaziert.“ Sie sah Holly an. „Du liebe Zeit“, stieß sie hervor. „Ich habe sie sogar dem Stellvertretenden Polizeichef unter die Nase gehalten.“ Sie begann hinter vorgehaltener Hand zu kichern.

„Das ist gar nicht komisch“, schimpfte Holly.

„Das brauchst du mir nicht zu sagen“, bemerkte Belinda und wurde schlagartig ernst.

„Kein Wunder, daß diese Leute so scharf auf die Kette waren“, stellte Holly fest. Sie sprang von Belindas Bett und griff nach dem Telefon.

„Du brauchst die Polizei nicht anzurufen“, sagte Belinda. „Der Stellvertretende Polizeichef Tinkerton ist unten im Partyraum.“

„Ich rufe nicht die Polizei an“, sagte Holly. „Ich rufe Tracy an. Wir können die Kette nicht einfach der Polizei übergeben, solange sie nicht einmal weiß, was Sache ist. Sie würde uns umbringen.“

Belinda wartete, während Holly sich den Hörer ans Ohr hielt.
„Es ist nur der Anrufbeantworter." Holly legte hastig den Hörer auf. „Sie müssen weggegangen sein."
„Weggegangen? Wohin denn?" fragte Belinda. „Ich dachte, sie wollten beide in der Nähe des Telefons bleiben, für den Fall, daß Judy sich meldet."
„Ich weiß", sagte Holly. „Aber der Anrufbeantworter war trotzdem eingeschaltet."
„Ihnen ist doch wohl nichts passiert?" überlegte Belinda. „Womöglich sind die Einbrecher zurückgekommen."
Das war ein gräßlicher Gedanke. Hollys lebhafte Phantasie spiegelte ihr bereits Bilder von Tracy und Mrs. Foster vor, die gefesselt und hilflos in ihrem Wohnzimmer lagen.
„Wir sollten lieber hinuntergehen und dem Polizeichef alles erzählen", sagte Belinda.
Holly nickte.
Doch sie waren gerade auf dem oberen Treppenabsatz angekommen, als Belinda plötzlich Hollys Arm packte und sie zurückriß. „Sieh nur!" flüsterte sie.
Die beiden Mädchen riskierten einen Blick durch das Treppengeländer. Am hinteren Ende der Halle, an der Haustür, stand Mr. Medlock und sprach mit Belindas Mutter.
„Müssen Sie wirklich schon gehen?" fragte Mrs. Hayes.
„Ja, leider", sagte Mr. Medlock. „Dringende Geschäfte, die zu meinem größten Bedauern keinen Aufschub dulden."
„Was hat er vor?" flüsterte Belinda. „Warum hat er es auf einmal so eilig?"

„Meinst du, er hat die Kette erkannt?“ fragte Holly.
Belinda nickte überzeugt. „Darauf wette ich. Los, komm schnell.“
Die beiden rannten Hals über Kopf durch den ersten Stock. Das Haus war ausgesprochen weitläufig, und Holly hatte bisher nur wenige Räume davon zu Gesicht bekommen. Belinda führte sie zur Hintertreppe.
„Was hast du vor?“ keuchte Holly.
„Wir gehen hinten hinaus. Um zu sehen, was er vorhat.“
Sie schossen um eine Ecke und rannten die schmale Hintertreppe hinunter. Belinda zerrte an dem Riegel der Hintertür, und die beiden Mädchen stürzten in die kühle Abenddämmerung hinaus. Sie umrundeten das Haus. Die Auffahrt stand voller Autos. Mr. Medlock kam tief in Gedanken versunken direkt auf sie zu.
„Zurück!“ flüsterte Belinda. Sie schafften es gerade noch rechtzeitig. Während sie in Deckung gingen, öffnete Mr. Medlock die Tür eines Wagens, der nur wenige Meter neben ihnen stand.
Belinda sah vorsichtig um die Ecke. Medlock saß in seinem Wagen und hatte die Tür noch nicht zugeschlagen. Er hatte sein Autotelefon in der Hand und wählte eine Nummer. Belinda konnte deutlich hören, wie seine Finger nervös auf das Armaturenbrett trommelten, während er wartete.
Endlich meldete sich jemand. „Hier ist Medlock“, sagte er. „Hör mir zu. Ich habe sie gesehen. Ja. Ja, sie ist hier. Hör mir zu, du Idiot. Was?“ Er schwieg einen Augenblick lang. „Was heißt, du hast den ganzen Nachmittag versucht, mich zu erreichen?“ Wieder herrschte kurzes Schweigen. „Was? *Was* hast du getan? Sie entführt? Bist

du übergeschnappt, Meyer? Das Mädchen hat sie nicht mehr, das wissen wir doch! Sie ist *hier*, im Haus dieses dämlichen Hayes-Weibes. Ich habe keine Ahnung, wie sie hierhergekommen ist."

Ein weiteres Schweigen. „Nein, du Idiot. Natürlich kann ich sie mir nicht holen. Das Haus ist gerammelt voll. Ja. Ja, sie ist es, ohne jeden Zweifel. Denkst du etwa, ich wäre genauso blöd wie du? Es ist die Kette von dem Foto, das du mir gezeigt hast. Würdest du mir jetzt gefälligst zuhören, Meyer? Ja, ja, beruhige dich. Ich bin gleich bei dir. Ja, ich telefoniere vom Wagen aus. In spätestens fünfzehn Minuten bin ich da. Aber, Meyer, du hast mich in diese Geschichte hineingezogen, und ich hoffe nur, du weißt auch, wie wir aus dem Schlamassel wieder herauskommen."

Belinda beobachtete, wie er das Telefon ablegte und die Wagentür zuschlug. Als er aus der Parklücke steuerte, fiel ihr etwas sehr Interessantes auf. Die Radkästen und die Räder von Medlocks Wagen waren mit weißem Schlamm bespritzt und beschmiert. Der Wagen fuhr durch das Haupttor, und die beiden Mädchen kamen aus ihrem Versteck.

„Er hat meine Mutter ein dämliches Weib genannt", schimpfte Belinda. „Das dürfte ihr gar nicht gefallen."

„Er hat den anderen Mann mit *Meyer* angeredet", sagte Holly. „Also hat er mit Tony Meyer gesprochen. Das bedeutet, daß Medlock der andere Mann sein muß, der versucht hat, Tracy ins Auto zu zerren. Und der Amerikaner *war* Tony Meyer, wie Tracy schon vermutet hat. Aber was kann er mit dem Mädchen gemeint haben? Er sagte, sie wüßten, daß das Mädchen die Kette nicht hat."

„Judy natürlich." Belinda lächelte grimmig. „Ich glaube, ich weiß, wo sie sie gefangenhalten."
„Was?" Holly sah sie überrascht an. „Woher weißt du das? Er hat doch keinen Ortsnamen erwähnt."
„Das brauchte er auch nicht. Dazu brauchte ich nur meine überragende Beobachtungsgabe." Belinda grinste. „Erinnerst du dich noch an den weißen Schlamm, der nach meinem gestrigen Ausritt mit Milton überall an mir klebte? An seinem Auto war dasselbe Zeug."
„Du sagtest, es käme von der Zufahrt zu einem großen Haus. Aber es gibt bestimmt unzählige Häuser mit diesem Zeug in der Auffahrt."
„O nein, Neuankömmling", widersprach Belinda entschieden. „Du vergißt, daß ich schon mein ganzes Leben hier verbracht habe. Ich kenne hier in der Gegend alles, was man zu Pferde erreichen kann. Und dieses Haus ist mit Sicherheit das einzige, bei dem dieser gräßliche weiße Schlamm vorkommt."
Holly schlug sich mit der Hand gegen die Stirn. „Und das grüne Auto... der Mietwagen, der gestern nach dem Einbruch vor Tracys Haus stand. Weißt du es nicht mehr? Ich sagte doch, er hätte weiße Reifen. Doch es waren keine Weißwandreifen, wie ich bisher vermutet habe – es war weißer Schlamm."
„Jetzt haben wir sie", jubelte Belinda. „Aber jetzt los – wir können in zehn Minuten bei Tracy sein."
„Meinst du nicht, wir sollten zuerst die Polizei verständigen?"
„Spinnst du?" empörte sich Belinda. „Wir verständigen Tracy zuerst. Wir drei – schon vergessen? Der Mystery Club. Alle für einen und einer für alle, und all das Zeug.

Los, wir müssen uns umziehen. Du kannst mein altes Fahrrad nehmen."

Holly zögerte.

„Los, komm", drängte Belinda. „Je länger du hier herumstehst, desto länger wird es dauern, bis wir den Fall endlich gelöst haben!"

„Ich komme ja schon."

Sie hasteten die Hintertreppe wieder hinauf und zogen in aller Eile ihre Partykleider aus.

„Überleg dir nur, wie froh Tracy sein wird, wenn sie allen erzählen kann, daß sie recht hatte, was Judy betrifft", sagte Belinda und hopste auf einem Bein herum, weil sie gerade dabei war, ihre Jeans anzuziehen.

„Und überleg dir nur, wie froh Judy sein wird, wenn wir sie retten", fügte Holly hinzu und schlüpfte in ihren Pullover. „Ich bin soweit. Wir können los."

„Warte noch einen Augenblick", sagte Belinda. „Ich versuche noch einmal, Tracy anzurufen."

„Wenn der Anrufbeantworter läuft, hinterlaß ihr eine Nachricht", schlug Holly vor. „Man weiß ja nie, manchmal stellen die Leute das Gerät an, obwohl sie zu Hause sind, aber zum Beispiel ungestört fernsehen wollen."

Belinda wählte Tracys Nummer.

„Sag ihr, daß wir wissen, wo Judy ist", sagte Holly. „Wie heißt das Haus?"

„Ich weiß es nicht mehr", antwortete Belinda. „Es war irgend etwas, das mit H anfing, glaube ich." Sie sah Holly nachdenklich an. „Ich glaube, mir fällt es wieder ein. Hollymere? Nein, das war es nicht. Halfmoon House?" Sie schüttelte den Kopf. „Handmere? Hardmoor? Haremire? Ja, Haremire klingt richtig. Bah – es ist wieder der

Anrufbeantworter. Ich hasse diese Dinger. Sie sollten verboten…" Sie räusperte sich und sprach hastig ins Telefon. „Ähem. Ja, also… Hallo, Tracy, hier ist Belinda. Wir haben einen Durchbruch erzielt, aber ich habe jetzt keine Zeit, dir alles zu erzählen. Wir kommen gleich, für den Fall, daß du zu Hause bist. Und ich rate dir, zu Hause zu sein oder zumindest möglichst schnell wiederzukommen, denn sonst verpaßt du alles. Wir sind uns absolut sicher, daß Judy in einem alten Landsitz gefangengehalten wird, der…" Sie zögerte, denn sie war noch immer nicht sicher, ob sie sich den Namen richtig gemerkt hatte. „…Haremire House heißt", beendete sie ihren Satz, sah Holly an und zuckte mit den Achseln. Sie legte den Hörer wieder auf.

„Und wenn Tracy nicht da ist, gehen wir direkt zur Polizei", sagte Holly.

„Abgemacht", willigte Belinda. „Aber nun los!"

Im Haus der Fosters brannte kein Licht. Der Wagen von Tracys Mutter stand zwar in der Einfahrt, doch im Haus war kein Lebenszeichen auszumachen.

Belinda und Holly kamen auf ihren Fahrrädern angesaust, brachten sie schlitternd zum Stehen, stürzten dann zur Haustür und klingelten Sturm.

„Das gefällt mir gar nicht", stellte Belinda fest und spähte durch die Glasscheiben der Haustür. „Ich kann niemanden entdecken, aber das Auto ist da. Wo können sie bloß sein?"

„Mir ist gerade etwas Schreckliches eingefallen", sagte Holly. „Er hat doch von einem Mädchen gesprochen."

„Ja, klar, von Judy."

„Nein.“ Holly schauderte. „Nicht von Judy. Du weißt doch – er war entsetzt über etwas, das Meyer getan hat. Es hätte ihn jedoch nicht entsetzt, von Judys Entführung zu hören, denn davon muß er bereits gewußt haben. Ich habe den gräßlichen Verdacht, daß er von Tracy gesprochen hat. Ich glaube, sie haben Tracy.“
„Ich hoffe, du irrst dich.“ Belinda nagte an ihrer Unterlippe. „Wenn wir über die Felder fahren, können wir schneller bei dem alten Haus sein, als wenn wir erst zu mir nach Hause fahren und von dort aus Alarm geben.“
„Findest du denn hin?“ fragte Holly. „Über die Felder und dann noch im Dunkeln?“
„Können Fische schwimmen?“ fragte Belinda.
„Klar“, sagte Holly. „Aber das heißt noch lange nicht… Belinda! Wohin willst du?“
„Wir haben keine Zeit mehr zu verlieren“, rief Belinda und rannte die Auffahrt hinunter.
„Aber was können wir tun, wenn sie wirklich dort ist?“ rief Holly, während Belinda schon ihr Rad vom Bürgersteig aufhob.
„Sie retten, was denn sonst!“ antwortete Belinda.
„Belinda! Warte!“ Doch Belinda war nicht mehr zu bremsen.
Holly sprang ebenfalls auf ihr Rad und folgte Belinda, die trotz der Dunkelheit in halsbrecherischem Tempo losgerast war.

Der Vollmond leuchtete milchigweiß am sternenklaren Himmel. Unter normalen Umständen hätte Holly sich jetzt zu gern ins hohe Gras gelegt und zu den funkelnden Sternen hinaufgeschaut. Doch in dieser Nacht hat-

ten weder Holly noch Belinda Zeit, auch nur einen Blick an die Sterne zu verschwenden.
Diese schreckliche, hektische und knochenerschütternde Fahrt über Felder und Hügel war die schlimmste Radtour, die Holly je unternommen hatte. Wenn sie nicht so außer Atem gewesen wäre, hätte sie Belinda zugerufen, anzuhalten und aufzugeben. Doch sie brauchte all ihre Konzentration, um ihr Rad aufrecht zu halten, denn es drohte ständig, unter ihr wegzurutschen und sie kopfüber in den Schlamm stürzen zu lassen.
Mit finsterer Entschlossenheit verfolgte sie Belindas Rücklicht steile, sich qualvoll lang hinziehende Hügel hinauf und ebenso schreckliche Gefällstrecken hinunter, die mit hohem, grobem Gras bewachsen waren und direkt in stockdunkle Löcher zu führen schienen.
Doch Belinda schien sich bestens auszukennen. Sie erreichten eine mondbeschienene Hügelkuppe, auf der Belinda endlich anhielt. Die beiden Mädchen stützten sich schwer auf die Lenkstangen ihrer Räder und sogen die kühle Nachtluft tief ein, denn sie hatten sich beide vollkommen verausgabt.
„Siehst… du“, keuchte Belinda. „War… doch… ein Kinderspiel.“
„Nie wieder“, stieß Holly atemlos hervor. „Nie, nie wieder.“
Belinda richtete sich im Sattel auf, stemmte beide Füße auf den Boden und holte noch ein paarmal tief Atem. „Hör auf zu meckern. Wir sind fast da. Sieh doch.“
In dem vor ihnen liegenden dunklen Tal konnte Holly den Umriß eines großen Hauses ausmachen. Eine graue Straße führte darauf zu, und im Schein des Mondes war

die merkwürdig weiß schimmernde Auffahrt deutlich zu erkennen. Und selbst aus dieser Entfernung konnten die beiden die dunklen Umrisse von zwei geparkten Autos vor dem Haus deutlich sehen – sie sahen aus wie schwarze Seen in dem hellen Schlamm.

„Los, wir werden gebraucht!" Belinda ließ ihr Rad bergab anrollen.

Holly nickte, und die beiden nahmen die letzte, rauhe Abfahrt ins Tal in Angriff.

11

Das verlassene Haus

„Komm mit." Tony Meyer ging auf die Tür des verkommenen Zimmers zu. Zu Tracys Erleichterung hatte er seine Hand aus der Tasche gezogen – aus der Tasche, in der seine Pistole steckte. An der Tür drehte er sich um und funkelte sie finster an. „Muß ich dich tragen?"

Tracy schüttelte den Kopf. Sie stand auf und folgte ihm, obwohl ihre Knöchel von dem Strick, mit dem er sie im Auto gefesselt hatte, immer noch schmerzten. Ihr war jedoch klar, daß dies kein guter Zeitpunkt war, um sich zu beklagen. Die Tatsache, daß Meyer seinen Komplizen am Telefon nicht hatte erreichen können, hatte ihn ganz offensichtlich wütend gemacht. Sein Komplize, dachte sie. Der andere Mann im Wagen. Der Engländer.

Nun, da ihr die Decke nicht länger die Sicht nahm, konnte Tracy sehen, daß ihre Vermutungen über das alte Haus stimmten. Er stieß sie einen Flur entlang, der in die Eingangshalle des Landhauses führte. Die geplatzten und rissigen Bodenfliesen der Halle waren mit Schmutz und Abfall bedeckt.

Tony Meyers Finger bohrten sich in ihren Rücken. „Die Treppe hinauf", befahl er.

Die Treppe knarrte bedenklich, und im Licht der Nachmittagssonne tanzten Staubwolken in der Luft. Ein Gedanke ging Tracy immer wieder durch den Kopf: Wenn er vorgehabt hatte, ihr etwas anzutun, hätte er es schon längst tun können. Er wollte Informationen von ihr, deswegen hatte er sie hierhergebracht. Er wollte wissen, wo die Kette war.

Er stieß sie eine weitere Treppe hinauf, und sie erhaschte kurze Blicke auf leerstehende Räume und lange Flure. Eine dritte Treppe, noch schmaler als die vorhergehenden. Tracy vermutete, daß sie ins oberste Stockwerk führte. Es war die Art von Treppe, die gewöhnlich auf einen Dachboden führt, und an ihrem Ende befand sich ein kleiner Flur mit einer einzigen, oben und unten verriegelten Tür.

Tony Meyer packte grob ihre gefesselten Hände und zerrte den rostigen unteren Riegel auf.

„Ich weiß wirklich nicht, wo die Halskette ist", entfuhr es Tracy, denn sie fürchtete sich davor, hier oben eingesperrt zu werden. Es war ein Fehler, das merkte sie sofort. Bis jetzt hatte Tony Meyer vielleicht geglaubt, daß sie der Meinung war, in Judys Pralinenschachtel wären nur Pralinen, doch nun wußte er es besser.

„Ach", sagte er. „Du hast die Kette also gefunden?"

„Sie werden sie nie kriegen", sagte Tracy. „Die Polizei hat sie. Dort weiß man alles über Sie."

„Tatsächlich?" sagte er und seine Finger gruben sich schmerzhaft in ihr Handgelenk. „Sie wissen alles über mich? Ihr müßt aber eine sehr kluge Polizei haben, Tracy. Wie arbeiten denn diese englischen Polizisten? Mit Telepathie? Denn immerhin wußtest du überhaupt nichts von mir, bevor ich dich geschnappt hatte."

Er zog den zweiten Riegel zurück und stieß die Tür auf. „Mal sehen, ob dir nicht eine bessere Geschichte einfällt. Bald kommt ein Kumpel von mir. Und glaube mir, Tracy, im Vergleich zu ihm bin ich sanft wie ein Kätzchen. Er wird die Wahrheit schon aus dir herausbekommen." Er versetzte ihr einen heftigen Stoß, und sie stolperte in die Dunkelheit. Die Tür schlug hinter ihr zu, und sie hörte, wie die Riegel vorgeschoben wurden und seine Schritte sich entfernten.

Gut gemacht, Tracy, dachte sie. Du und dein großes Mundwerk. Sie starrte angestrengt in die Dunkelheit und wartete darauf, daß sich ihre Augen auf die sie umgebende Schwärze einstellten. Allmählich konnte sie etwas erkennen, denn durch ein Fenster, das mit einem Sack oder etwas Ähnlichem verhängt war, fiel etwas Licht in den Raum.

Er war unmöbliert, abgesehen von einer schmutzigen Matratze, die in einer Ecke auf dem Boden lag. Das Zimmer hatte von einer Höhe von gut einem Meter an schräge Wände, denn es lag direkt unter dem Dach. Links von Tracy befand sich eine geschlossene Tür. Die Dielen knarrten bedenklich, als sie zu der Tür hinüberging.

Wenn ich schon hier festsitze, kann ich mich genausogut umsehen, dachte sie und drehte den Türgriff. Vielleicht finde ich etwas, mit dem ich den Strick um meine Hände durchschneiden kann. Sie öffnete die Tür und bemerkte ein unheimliches Geräusch im angrenzenden Raum. Plötzlich hörte sie ein Rauschen, und etwas schoß aus der Dunkelheit und streifte ihre Haare, denn sie hatte sich instinktiv geduckt.

„Friß das, du Mistkerl!“ Es war eine Mädchenstimme mit einem amerikanischen Akzent. Eine wütende Stimme, die aus der Dunkelheit des Zimmers kam.
„Judy!“ rief Tracy und sah nach oben. Irgend etwas Langes und Großes schaukelte über ihrem Kopf im Türrahmen hin und her.
„Wer ist da?“
„Tracy!“
„Tracy?“ Ein blasses Gesicht erschien in der Tür. „Jippie!“ jubelte Judy.
Die endlich vereinten Cousinen lagen einander in den Armen.
„Gerettet!“ rief Judy und drückte Tracy so fest an sich, daß ihr fast die Luft wegblieb. „Ich dachte, es wäre dieser gräßliche Meyer.“ Sie schaute nach oben. Über ihren Köpfen hing ein Dielenbrett an Seilen von der Decke.
„Du hast Glück, daß du nicht größer bist“, stellte Judy fest. „Dann hättest du meine Falle direkt ins Gesicht bekommen.“ Sie packte Tracys Hand. „Los, laß uns von hier verschwinden.“ Doch dann fiel ihr auf, daß Tracys Hände gefesselt waren.
„Ich kann dich leider nicht retten“, sagte Tracy traurig.
„Was?“ Aus Judys Gesicht verschwand jegliche Freude. „Du meinst…? Oh, toll! Dich haben sie auch erwischt? Das ist wirklich toll. Gut gemacht, Tracy!“ Judy sah ihre Cousine neugierig an. „Hast du die Halskette bekommen?“
„Ja.“
„Hast du sie zur Polizei gebracht?“
Tracy biß sich auf die Lippe. „N – nein… eigentlich nicht…“

„Tracy!“

„Es hat eine Weile gedauert, bis wir endlich gemerkt hatten, daß nicht nur Pralinen in der Schachtel waren“, verteidigte sich Tracy. „Du hättest einen Zettel beilegen sollen.“

„Das habe ich doch“, schimpfte Judy. „Ich habe einen Zettel beigelegt, auf dem stand, daß du die Pralinen für dich selbst behalten solltest. Tracy, wie kann man nur so dämlich sein! Ich habe am Telefon doch extra Harry erwähnt. Hast du das denn auch nicht kapiert?“

„Doch, natürlich“, antwortete Tracy, die inzwischen auch wütend wurde. „Aber mir haben alle Leute immer wieder versichert, daß es dir gutgeht. Woher sollte ich denn wissen, was passiert war?“

„Ich hätte mich an Mickymaus wenden sollen!“ rief Judy aus. „Die hätte es bestimmt geschafft, mich hier herauszuholen, ohne sich dabei erwischen zu lassen.“

„Schrei mich gefälligst nicht an“, empörte sich Tracy. „Bei uns ist eingebrochen worden und jemand hat versucht, mich in sein Auto zu zerren und mich dann mit vorgehaltener Pistole hierher verschleppt. Oder glaubst du etwa, ich wäre freiwillig hier? Ich dachte, der Kerl würde mich erschießen.“ Sie hob ihre Hände. „Das mindeste, was du tun kannst, ist mich zu befreien.“

Judys Stimme klang jetzt ruhiger. „Es tut mir leid. Du hast recht, du konntest wirklich nicht wissen, was Meyer vorhatte.“ Sie arbeitete fieberhaft an den Knoten, und wenige Sekunden später konnte Tracy ihre gefühllos gewordenen Handgelenke massieren.

Tracy lächelte grimmig. „Ich weiß jetzt, was Meyer geplant hat. Es geht um die neue Kollektion deines Vaters, nicht wahr? Meyer wollte sie an die Konkurrenz verkaufen."

Judy sah sie überrascht an. „Dann weißt du es also gar nicht?"

„Was denn?"

„Die Halskette, Tracy. Sie stammt nicht von meinem Vater. Sie ist echt."

Tracy mußte sich gegen den Türrahmen lehnen, denn ihr war auf einmal schwindelig. „Ich glaube, du solltest mir lieber die ganze Geschichte erzählen, Judy. Was geht hier eigentlich vor?"

Die beiden Mädchen setzten sich auf die alte Matratze. Judy hatte den Sack vom Fenster gerissen, und nun konnten sie in den dämmrigen Abendhimmel hinausschauen.

„Mein Dad wußte schon seit Monaten, daß jemand seine Firma bestiehlt", erklärte Judy. „Es hat sogar eine interne Untersuchung gegeben. Er dachte, es wäre vielleicht einer der Designer gierig geworden und hätte die neuen Entwürfe an Konkurrenzfirmen verkauft. Tony Meyer war der einzige, dem er sein volles Vertrauen geschenkt hat. Und Meyer war auch derjenige, der die Untersuchung geleitet hat. So sehr hat mein Vater ihm vertraut. Es war auch Meyer, der auf die Idee kam, die thailändischen Kronjuwelen auszuborgen. Das schien eine großartige Idee zu sein. Mein Vater war begeistert davon. Meyer hat dann alles arrangiert. Den Transport der Juwelen, die Sicherheitsvorkehrungen, einfach alles. Das machte es ihm auch so leicht, sie auszutauschen."

„Aber wie bist du ihm auf die Schliche gekommen?" fragte Tracy.

„Das war im Flugzeug“, fuhr Judy fort. „Ich wußte, daß Meyer einen Teil der neuen Kollektion in seinem Aktenkoffer hatte. Deswegen wollte er ja nach England – er sollte die neuen Entwürfe in unserer Londoner Niederlassung vorstellen, bevor sie offiziell auf den Markt kommen sollten. Bis dahin hatte noch niemand die neue Kollektion gesehen. Niemand außer meinem Vater, Tony Meyer und den Leuten, die die Stücke hergestellt hatten. Sie war absolut geheim. Nicht einmal ich hatte sie zu Gesicht bekommen.“

„Das soll doch sicher ein Witz sein!“ sagte Tracy. „Dein Vater hat sie nicht einmal dir gezeigt?“

Judy lächelte bedauernd. „Ich hatte in letzter Zeit kein allzu gutes Verhältnis zu meinen Eltern“, sagte sie. „Du weißt schon, wie das ist.“ Sie sah Tracy verlegen an, denn ihr war gerade wieder eingefallen, daß deren Eltern geschieden waren. „Tut mir leid. Ich schätze, du weißt doch nicht, wie das ist.“

„Ich kann es mir vorstellen“, sagte Tracy. „Erzähl weiter.“

„Also, wir haben uns ständig gestritten. Deswegen wollte ich auch nicht mit ihnen auf diesen Campingausflug und habe gefragt, ob ich nicht statt dessen zu dir fahren dürfte. Vor ein paar Wochen hatte ich einen furchtbaren Streit mit meinem Vater, und wir haben seitdem nicht mehr miteinander gesprochen. Wahrscheinlich hat er mir die neue Kollektion nicht gezeigt, weil er immer noch sauer war.“ Judy zuckte die Achseln. „So ist er manchmal.“

„Und was passierte dann?“

„Ich wußte, daß Meyer die Kopien – zumindest glaubte ich, daß es Kopien wären – in seinem Aktenkoffer hatte.

Er hätte es nie riskiert, sie mit seinem anderen Gepäck im Laderaum verstauen zu lassen. Also wartete ich, bis er auf der Toilette war, und dann habe ich mir seinen Koffer geschnappt und hineingesehen."
„Ach, tatsächlich?" Tracy machte aus ihrer Mißbilligung keinen Hehl.
„Jetzt komm mir nicht so, Tracy." Judy war gereizt. „Ich weiß, ich hätte es nicht tun sollen, aber ich konnte nicht widerstehen. Ich war so wütend auf meinen Vater, und ich wollte sie mir doch nur schnell einmal ansehen."
„Und dabei hast du gemerkt, daß es echte Juwelen waren?"
Judy grinste. „Nicht alle. Abgesehen von der Halskette waren es ausnahmslos Kopien von Scheherazade. Das erkennt man an dem kleinen S, das unser Schmuck trägt. Es ist unser Markenzeichen. All diese Stücke trugen das S, nur die Kette nicht. Das fand ich merkwürdig. Und dann..." Sie flüsterte nur noch. „Dann habe ich versucht, das Glas meiner Uhr damit zu zerkratzen. Und es gab Kratzer, Tracy! Die Steine schnitten das Glas meiner Uhr! Dann sah ich Tony Meyer zurückkommen, schob den ganzen Schmuck wieder in den Beutel und steckte die Halskette in meine eigene Tasche. Ich wußte sofort, was er vorhatte. Ich dachte, wenn ich ihn hinhalten könnte, bis das Flugzeug gelandet war, würde ich es irgendwie schaffen, die Polizei zu verständigen."
„Aber warum hat er nicht die gesamten Kronjuwelen gestohlen? Warum nur die Halskette?"
„Wahrscheinlich dachte er, das wäre zu auffällig. Er brauchte Zeit, um zu verschwinden. Ich schätze, er hat gehofft, daß niemand merkt, daß unter den Juwelen, die

das Königshaus zurückbekam, eine Fälschung ist. Zumindest, daß sie es nicht sofort merken. Aber auch diese Kette allein ist Hunderttausende von Dollars wert. Das reicht für den Rest seines Lebens, wenn er es schafft, damit durchzukommen."

„Hat er dich beim Schnüffeln erwischt?"

„Er hat nichts gesagt, aber ich habe gemerkt, daß er mißtrauisch war. Er muß gesehen haben, daß ich seinen Koffer anders hingestellt hatte. Also habe ich unter den im Flugzeug angebotenen zollfreien Waren die Pralinen ausgesucht, mich in der Toilette eingeschlossen und die Kette in die Schachtel gepackt. Ich wollte nicht, daß er sie fände, falls er auf die Idee kommen sollte, meine Sachen zu durchsuchen. Als wir dann auf dem Flughafen waren, war er plötzlich nicht mehr der nette Kerl, den ich mein Leben lang gekannt habe. Es war richtig unheimlich, wie er sich verändert hat. Er ließ mich ins Postamt gehen und die Pralinen an dich abschicken, aber er wich mir dabei nicht von der Seite. Ich hatte keine Gelegenheit, die Polizei anzurufen oder sonst etwas zu tun. Und dann wurde er richtig unangenehm. Er brachte mich in ein Hotel, und als er merkte, daß ich die Kette nicht mehr hatte, wurde er ernsthaft sauer. Er sagte, er würde mich gefangenhalten, bis ich ihm sagte, was ich mit der Kette gemacht hätte." Judy sah ihre Cousine verlegen an. „Ich mußte es ihm sagen, Tracy. Er war zu allem fähig."

„Was hat er dann gemacht?"

„Er hat ein paarmal telefoniert. Einmal nach New York. Er hat irgendeinem Komplizen aufgetragen, allen Leuten, die nach mir fragten, zu sagen, mir ginge es gut."

„Die Telefonnummer für Notfälle", sagte Tracy. „Ich habe dort angerufen und der Kerl sagte genau das – es ginge dir gut, und ich brauchte mir keine Sorgen zu machen."
„Dann hat er noch jemand anderen angerufen. Jemanden in England. Er hatte mich im Badezimmer eingesperrt, so daß ich nichts mitbekommen konnte. Anscheinend hatte er alles perfekt geplant. Danach hat er mich gezwungen, bei dir anzurufen. Er hat mir seine Waffe gezeigt und mir gesagt, wenn ich nicht täte, was er verlangt, könnte ich mir ausmalen, was er dann mit mir macht. Und schon kurze Zeit später saßen wir im Zug, und ich landete in diesem Zimmer." Judy lächelte verzagt. „Meine letzte Hoffnung war, daß du merkst, daß etwas nicht stimmt, und die Halskette zur Polizei bringst."
Tracy sah ihre Cousine hoffnungsvoll an. „Noch ist nichts verloren", sagte sie. „Meine Freundinnen Holly und Belinda haben die Kette. Sobald ihnen klar wird, daß mir etwas passiert ist, werden sie die Polizei verständigen." Tracy legte tröstend einen Arm um ihre Cousine. „Mach dir keine Sorgen, Holly und Belinda werden uns retten."
„Ja", sagte Judy düster. „So wie du mich gerettet hast." Doch dann lächelte sie. „Aber ich werde hier nicht länger herumsitzen und auf Rettung warten. Ich will hier raus."
„Die Tür ist verriegelt", wand Tracy ein. „Und wir sind zu hoch oben, um aus dem Fenster zu klettern."
Sie stand auf und blickte über die einsame Landschaft. „Wir können nicht einmal jemandem ein Zeichen geben,

denn hier gibt es im Umkreis von vielen Kilometern kein anderes Haus."
„Komm mit", sagte Judy. „Ich habe eine Idee."
Tracy folgte ihr ins Nebenzimmer. Judy zeigte zur Decke. Dort befand sich eine viereckige Falltür. „Sie muß irgendwohin führen", sagte Judy. „Allein konnte ich sie nicht erreichen, aber wenn du mir hilfst, kann ich sie vielleicht öffnen."
Tracy betrachtete die Falltür und grinste. „Immer noch besser, als hier herumzusitzen", stellte sie fest. Sie verschränkte ihre Hände und ging etwas in die Knie, als Judy ihre Schultern packte und sich vom Boden abstieß. Tracy strauchelte unter dem Gewicht, als Judy ihre Hände gegen die Falltür stemmte.
„Ich hab's", jubelte Judy. Tracy schob kräftig nach, damit Judy in der offenen Falltür einen Halt fand. Eine Sekunde später strampelte sie kräftig mit den Beinen und zog sich hoch.
Judy legte sich flach auf den Dachboden und streckte die Hände nach Tracy aus. Auf dem Boden war es stockdunkel, doch er schien noch relativ tragfähig zu sein. Die Mädchen krochen auf allen vieren von der Falltür fort. Der Staub reizte Tracy zum Husten, und sie tastete blind nach ihrer Cousine. Von den Dachsparren hingen Spinnweben oder andere eklige Fäden herunter und strichen ihr über das Gesicht.
„Judy?"
„Hier bin ich. Folge mir."
„Ich kann dich nicht sehen."
„Halte dich an meinem Fuß fest. Ich glaube, vor uns wird es etwas heller."

Langsam und vorsichtig krochen Tracy und Judy durch die Dunkelheit. Sie kamen zu einer niedrigen Mauer, die jedoch leicht zu überwinden war.
„Wir müssen jetzt über einem anderen Zimmer sein“, sagte Tracy.
„Ja, ganz bestimmt“, erwiderte Judy. „He! Sieh dir das an!“
Tracy hob den Kopf. Ein paar Meter vor ihnen konnte sie ein schwach erleuchtetes Viereck im Boden ausmachen. Die beiden schauten in das darunterliegende Zimmer. Die Falltür in diesem Raum war anscheinend herausgebrochen, denn sie konnten sie auf dem Fußboden liegen sehen. Nacheinander sprangen sie hinunter in das leere Zimmer.
„Nichts wie weg!“ rief Judy und rannte zur Tür. „Mich hält hier nichts mehr!“
„Mach nicht solchen Krach“, zischte Tracy. „Vergiß nicht, daß Meyer bewaffnet ist und wir keine Ahnung haben, wo er steckt.“
Judy drehte sich zu ihr um und nickte. „Ich habe es nicht vergessen. Schließlich habe ich mit diesem Mistkerl noch eine Rechnung zu begleichen.“ Sie öffnete die Tür. Vor ihnen lag eine schmale Treppe, auf der es ziemlich dunkel war. Die beiden schlichen die Treppe hinunter und schraken jedesmal zusammen, wenn eine Stufe unter ihrem Gewicht knarrte.
„Was meinst du, wie lange es dauern wird, bis Meyer merkt, daß wir verschwunden sind?“ fragte Tracy.
„Ich weiß es nicht“, sagte Judy. „Bisher hat er mir immer frühmorgens und am Abend etwas zu essen gebracht.“
Sie pirschten durch einen Flur und warfen einen Blick

aus einem großen Fenster. Sie konnten Meyers grünes Auto in der Auffahrt sehen und durch die Wipfel der Bäume auch einen Teil der Teerstraße.

„Er erwartet jemanden", sagte Tracy. „Er hat versucht, ihn anzurufen." Sie sah nachdenklich in den dunkler werdenden Himmel hinauf. „Bevor der andere Kerl nicht hier ist, wird er wahrscheinlich nicht nach oben gehen. Weißt du, wer der andere ist?"

„Ich habe ihn nie gesehen", sagte Judy. „Ich weiß nur, daß er ein Engländer ist, denn ich habe ihn sprechen hören." Sie grinste Tracy an. „Und er hat Angst."

„Angst?"

„Ja. Sie haben vor der Tür des Zimmers geredet, in das sie mich gesperrt hatten", sagte Judy. „Der Engländer hat versucht, Meyer dazu zu überreden, seinen Plan aufzugeben und zu fliehen. Er sagte, daß ihm diese Entführung gar nicht gefiele."

„Und was hat Meyer dazu gesagt?"

„Er sagte, ‚Solange ich die Waffe habe, tust du, was ich dir sage'. Und das war das Ende der Diskussion."

„Es gefällt mir gar nicht, daß wir durch das ganze Haus laufen müssen", sagte Tracy. „Wir wissen nicht, wo Meyer ist, und wenn er uns erwischt, haben wir ein Problem."

„Aber was sollen wir sonst tun?" fragte Judy. „Ich glaube kaum, daß wir ihn überwältigen können, denn er ist nicht gerade ein Schwächling."

„Ich finde, wir sollten warten, bis es dunkler ist", schlug Tracy vor. „Wenn es richtig dunkel ist, haben wir bessere Chancen, uns unbemerkt davonzuschleichen."

„Gute Idee. Dann suchen wir uns jetzt ein gutes Ver-

steck." Judy grinste fröhlich. „Das ist wirklich eine tolle Idee, Tracy. Selbst wenn er nach oben geht, um nach uns zu sehen, und merkt, daß wir weg sind, wird er nie auf die Idee kommen, daß wir noch im Haus sein könnten."
Die beiden schlichen den Flur entlang und suchten nach einem Zimmer, in dem sie in Sicherheit warten konnten, bis es ganz dunkel war. Es war nicht besonders lustig, schweigend in einer schmutzigen Ecke zu sitzen. Sie wagten nicht, laut zu sprechen, weil sie fürchteten, Tony Meyer könnte sich in Hörweite befinden. Sie wagten nicht einmal, ihre verkrampften Beine auszustrecken, weil sie fürchteten, damit ein verräterisches Knarren der Dielen auszulösen.
Judy schien ihre Gefangenschaft erstaunlich gut verkraftet zu haben, doch Tracy machte sich trotzdem Sorgen um sie. Sie versuchte Judy von ihrer mißlichen Lage abzulenken, indem sie ihr flüsternd erzählte, in welch ausweglosen Situationen der Mystery Club schon gesteckt hatte, und daß sich immer alles zum Guten gewendet hatte. Sie konnte nichts dafür, aber irgendwie klang es so, als wäre immer sie es gewesen, die die anderen gerettet hatte. Das war natürlich keine Absicht von ihr – es hörte sich einfach nur so an.
Die beiden sahen einander an, als plötzlich ein Geräusch ertönte. Das Motorgeräusch eines Autos. Dann verstummte das Geräusch, und sie hörten, wie die Wagentür zugeschlagen wurde.
„Das ist der andere Kerl", zischte Tracy. „Er muß es sein."
Sie sah auf ihre Uhr. Mittlerweile war es so dunkel geworden, daß sie sie dazu dicht vors Gesicht halten mußte.

„Wollen wir es jetzt riskieren?“ fragte Judy.
Tracy nickte. Es war furchtbar, aufstehen und sich in das stockdunkle Haus vorwagen zu müssen. „Wir gehen hinten hinaus“, entschied sie.
Sie hatten die Hintertreppe fast erreicht, als plötzlich in einiger Entfernung ein lautes, schrilles Geräusch ertönte.
„Was ist das?“ fragte Judy erschrocken. „Die Polizei?“
„Nein“, sagte Tracy und schüttelte den Kopf. „Das klingt nicht nach einer Polizeisirene. Ich glaube, es ist eine Autoalarmanlage.“
„Bist du sicher?“ fragte Judy.
Tracy nickte. „Wir können ans Fenster gehen und nachsehen, wenn du willst.“
Sie pirschten sich zurück zur Vorderseite des Hauses, doch ein lautes Krachen ließ sie erstarren. Es klang wie ein Schuß.
„Was war *das*?“ zischte Judy.
„Glaubst du, Meyer hat auf jemanden geschossen?“ fragte Tracy.
Es gab nur eine Möglichkeit, das herauszufinden. Noch während sie in einem der vorderen Zimmer über den Fußboden krochen, brach das Geräusch plötzlich ab. Sie sahen einander an.
„Unheimlich“, stellte Judy fest.
Sie schlichen zum Fenster hinüber. In der Auffahrt standen jetzt zwei Autos, doch sie konnten nichts erkennen, was den vorangegangenen Lärm erklärt hätte.
„Laß uns von hier verschwinden“, sagte Tracy. „Bevor jemand heraufkommt und uns doch noch erwischt.“
Auf dem oberen Flur blieben Tracy und Judy plötzlich stehen. Sie hörten ein entferntes Zischen.

„Das ist die Sturmlaterne“, flüsterte Judy. „Meyer benutzt sie, wenn es dunkel ist, denn in diesem alten Gemäuer gibt es keinen Strom.“
„Das ist gut“, stellte Tracy fest. „So wissen wir immer, wo er ist.“
Sie setzten ihre lautlose Wanderung durch den Korridor fort. Durch eine offenstehende Tür fiel ein schwacher Lichtstrahl auf den Flur. Sie schlichen darauf zu. Das Licht kam durch fehlende Fußbodenbretter von unten herauf und warf unheimliche Schatten auf die Decke des Zimmers.
Tracy hielt den Atem an und robbte auf das Loch im Fußboden zu. Die Sturmlaterne stand auf dem Tisch, und Tony Meyer, der von oben viel kleiner wirkte, hatte seine Pistole auf jemanden gerichtet. Tracy beugte sich gefährlich weit vor, um in das unter ihr liegende Zimmer sehen zu können. Sie mußte sich auf die Lippen beißen, um nicht erschrocken nach Luft zu schnappen. Von ihrem Aussichtspunkt aus konnte sie genau sehen, wen Tony Meyer mit seiner Pistole in Schach hielt.
Es waren Holly und Belinda.

12

Gefangen!

Holly und Belinda schoben ihre Räder hinter das Haus. Die dunklen Mauern ragten bedrohlich über ihnen auf, und die schmutzblinden Fenster sahen aus wie tote Augen.
„Haremire House war wohl nichts", stichelte Holly im Flüsterton.
Belinda sah sich beleidigt zu ihr um. „Ich kann mir schließlich nicht alles merken", sagte sie.
Sie waren den Hügel hinab bis zu einer Baumgruppe geradelt und hatten neben der Auffahrt ein hölzernes Schild im Gras liegen sehen. Auf diesem Schild stand in Großbuchstaben „Hawkmoor House". Das bedeutete, daß ihnen niemand zu Hilfe kommen würde, selbst wenn wirklich jemand die Nachricht abhörte, die sie auf dem Anrufbeantworter der Fosters hinterlassen hatten. Sie würden nach einem Anwesen mit dem Namen Haremire House suchen, das es gar nicht gab.
Belinda lehnte ihr Rad gegen eine Mauer. „Ich wußte doch, daß der Name mit H anfängt", flüsterte sie Holly zu. „Das zumindest war richtig."
„Hundehütte fängt auch mit H an", zischte Holly gereizt. „Trotzdem heißt dieser alte Kasten hier nicht so."

„Immerhin hatte ich mich auch an den zweiten Buchstaben richtig erinnert", konterte Belinda.
Holly funkelte sie wütend an. „Wollen wir hier herumstehen und uns streiten?"
Belinda zuckte die Achseln und begann, um das Haus herumzuschleichen, wobei sie vor sich hinmurmelte, wie anspruchsvoll manche Leute doch waren und warum eigentlich sie immer alles selber machen mußte. Die beiden drückten sich eng an die Mauer und hatten Herzklopfen vor Aufregung.
Holly war sich immer noch nicht sicher, ob es eine gute Idee gewesen war, herzufahren. Belinda schien zu glauben, daß sie einfach in das Haus stürmen und Judy vor den Augen ihres Entführers mitnehmen konnten. Holly hatte ihre Zweifel an diesem Plan. Ihr würde es reichen, sich den Mann aus dem grünen Auto genau anzusehen, festzustellen, ob ihr Verdacht gerechtfertigt war, und dann so schnell wie möglich zum nächsten Telefon zu fahren und Hilfe zu holen.
Zweige knackten unter ihren Füßen – abgestorbene Überreste irgendeiner Kletterpflanze, die einst die Hauswand berankt hatte.
„Psst!" zischte Belinda.
„Ich bin so leise, wie es geht", wisperte Holly.
Sie erreichten eine Ecke des riesigen Hauses. Vom Mondlicht beschienenes Gras, das früher ein gepflegter Rasen gewesen war, erstreckte sich vor ihnen. Inmitten der Grasfläche stand ein merkwürdiges Gebilde – vielleicht eine Statue oder ein längst versiegter Brunnen, dachte Holly. Jenseits der Grasfläche waren nur die dunklen Umrisse von Bäumen oder Büschen auszuma-

chen. Belinda blieb plötzlich stehen, und Holly prallte gegen sie.
„Horch“, sagte Belinda.
Holly lauschte angestrengt, doch sie hörte nichts außer dem Schlagen ihres eigenen Herzens.
„Was ist das für ein Geräusch?“ flüsterte Belinda. „Hörst du es denn nicht?“
„Nein. Was für ein Geräusch?“
„Ein Zischen“, sagte Belinda. Sie beugte sich vor und riskierte einen Blick um die Hausecke. „Ah!“ sagte sie.
Holly schob ihren Kopf an Belindas Schulter vorbei. Einige Meter von ihnen entfernt war ein Fenster erleuchtet, und das Licht fiel auf den ungepflegten Rasen.
„Ich weiß, was das ist“, sagte Belinda. „Es ist eine Sturmlaterne. Ich habe im Pferdestall auch so eine.“
„Natürlich“, sagte Holly. „In diesem alten Gemäuer gibt es bestimmt keinen elektrischen Strom, und die Kerle brauchen Licht.“
Sie schlichen an der Hauswand entlang, vorbei an einer baufälligen Tür, und schoben sich vorsichtig an das erleuchtete Fenster heran. Sie kauerten sich direkt unter das Fenster und warfen sich einen bedeutungsvollen Blick zu, als sie die Stimmen aus dem Zimmer hörten.
„Das ist unser alter Freund Mudlark“, hauchte Belinda, die Medlocks Stimme sofort erkannt hatte. Der andere Sprecher hatte einen amerikanischen Akzent.
Die eingeschlagene Fensterscheibe machte es den Mädchen leicht, die Unterhaltung der beiden Männer mitzuhören. Sie stritten sich.
„Damit will ich nichts mehr zu tun haben, Meyer“, sagte

Medlock. „Du hättest in dem Augenblick aufgeben sollen, als das Mädchen die Kette gefunden hat. Du hast gesagt, meine Aufgabe wäre nur, jemanden zu finden, der die Kette für uns verkauft. Auf Komplikationen wie diese war ich nicht vorbereitet! Wir hätten gestern abend aufgeben sollen, als das Mädchen uns entwischt ist. Weiterzumachen ist absoluter Wahnsinn!"

Holly stieß Belinda an. Es war also wirklich Meyer, der hinter allem steckte.

„Mir geht dein Gejammer allmählich auf die Nerven", sagte Meyer. „Du willst also aussteigen und abhauen? Und ich kann allein zusehen, wie ich zurechtkomme? Hast du das vor? Als wir anfingen, warst du ganz zufrieden mit deinem Anteil am Gewinn. Da habe ich noch kein Gejammer von dir gehört."

„Das war etwas anderes. Hör mal, es ist mir egal, was du tust. Nur laß mich da raus. Das ist nichts für meine Nerven – junge Mädchen zu bedrohen." Medlock klang jetzt richtiggehend verzweifelt. „Du wirst die Kette nie wiederbekommen. Gib auf, Meyer, um Himmels willen. Bevor die Polizei auf uns aufmerksam wird."

Meyer lachte häßlich. „Du meinst wohl, bevor die Polizei auf *dich* aufmerksam wird", knurrte er. „Du scheinst zu vergessen, daß das Mädchen weiß, wer ich bin. Ich kann nicht einfach nach Hause fahren und so tun, als wäre nichts gewesen. Ich stecke schon zu tief drin. Und für dich gilt dasselbe. Und nun steh hier nicht länger bibbernd herum, sondern hilf mir, einen Ausweg aus diesem Schlamassel zu finden." Seine Stimme nahm einen gefährlicheren Tonfall an. „Und laß dir einfallen, was wir mit den beiden Mädchen machen sollen."

Holly berührte Belindas Arm und gab ihr ein Zeichen, ihr zu folgen. Als sie außer Hörweite des Fensters waren, flüsterte sie ihrer Freundin ins Ohr: „Wir müssen ein Telefon finden."

Belinda nickte. Sie hatten genug gehört. Meyer hatte von zwei Mädchen gesprochen. Das eine war Judy, und sie waren überzeugt, daß es sich bei dem anderen um Tracy handeln mußte. Die beiden waren irgendwo im Haus eingesperrt, und Meyer war verzweifelt genug, alles zu tun, um seinen Hals zu retten.

Solange die beiden Männer diskutierten, waren die Gefangenen relativ sicher. Holly fürchtete jedoch, daß die Diskussion nicht mehr lange dauern würde. Es hatte sich angehört, als hätte Meyer seinen Komplizen Medlock allmählich satt. Und was würde Meyer tun, wenn er Medlock zum Schweigen gebracht hatte?

Sie hatten keine Zeit zu verlieren. Auf Zehenspitzen rannten sie zurück zu ihren Rädern.

„Wo ist das nächste Haus?" fragte Holly.

„Ein paar Kilometer entfernt", sagte Belinda.

Die beiden schoben ihre Räder zur Vorderseite des Hauses, denn sie wußten jetzt, daß sich Meyer und Medlock in einem der hinteren Räume aufhielten.

„Einen Augenblick", sagte Holly. „Medlock hat doch ein Autotelefon. Wenn wir das benutzen könnten, ginge es viel schneller, als wenn wir erst ein paar Kilometer weit fahren müßten."

Ihre Räder hinterließen tiefe Furchen in dem weißen Schlamm, als sie sie zu Medlocks Wagen schoben.

Holly starrte durch das Seitenfenster.

„Siehst du es?" fragte Belinda.

„Ja! Da ist es!“ Das Telefon lag zwischen den Vordersitzen. Holly zog am Türgriff, doch der Wagen war verschlossen.
„Schlag doch ein Fenster ein“, schlug Belinda vor.
„Womit denn?“
„Was weiß ich. Meinetwegen mit dem Kopf!“ stöhnte Belinda auf. „Hier liegt doch bestimmt irgendwo ein passender Stein herum.“
Sie sahen sich um. Überall war dieser körnige weiße Schlamm. Belinda lehnte ihr Rad gegen Medlocks Wagen, rannte zum Straßenrand und tastete im hohen Gras herum.
Als sie den Hügel heruntergekommen waren, hatten sie die Lampen an ihren Rädern abgeschaltet, damit die Verbrecher sie nicht kommen sahen. Holly sah auf ihre Fahrradlampe hinunter. Sie hatte eine Idee. Sie löste den Scheinwerfer aus seiner Halterung an der Lenkstange. Er war zwar aus Plastik, aber sehr hart. Sie legte ihr Rad auf den Boden, trat etwas zurück und warf die Lampe mit aller Kraft gegen das Seitenfenster des Wagens.
Es knallte laut, als sie aufprallte und dann, ohne irgendeine Wirkung erzeugt zu haben, in den Schlamm fiel.
Belindas erschrockenes und leichenblasses Gesicht tauchte aus der Dunkelheit auf. „Holly!“ zischte sie vernehmlich. „Warum schießt du nicht auch gleich ein paar Raketen ab?“
„Ich habe versucht, die Scheibe einzuschlagen“, flüsterte Holly. „Glas kann man nicht lautlos zerbrechen.“
„Ich habe etwas gefunden“, sagte Belinda.
Holly beobachtete ängstlich die Vorderfront des Hauses. Die Eingangstür lag im Dunkeln.

Belinda kam zurückgehastet und hielt etwas in der Hand. Einen halben Ziegelstein.
„Schnell!“ rief Holly.
Belinda stemmte ihre Füße in den Schlamm, holte weit aus und schleuderte den Stein gegen das Auto. Er verfehlte das Seitenfenster, streifte die Windschutzscheibe und prallte von der Motorhaube ab. Ein durchdringendes elektronisches Kreischen zerriß die abendliche Stille. Holly hatte kaum Zeit, das Netz von feinen Sprüngen in der Windschutzscheibe zu registrieren, das Belindas schlechtgezielter Wurf verursacht hatte, denn die beiden stürzten zu ihren Rädern, als wäre der Teufel hinter ihnen her. Die Männer hatten das Geräusch des Ziegelsteins vielleicht nicht gehört, doch um das schrille Kreischen der Alarmanlage zu überhören, hätten sie stocktaub sein müssen.
In ihrer Hast prallten die Mädchen zusammen. Holly riß ihr Rad vom Boden hoch und stieß gegen Belinda. Ein Ende ihres Lenkers verhakte sich in den Speichen von Belindas Vorderrad, beide Räder fielen in den Schlamm, Holly verlor das Gleichgewicht und brachte auch Belinda zu Fall. Sie sprangen wieder auf.
„Ist dir etwas passiert?“ keuchte Holly.
„Nein“, stieß Belinda hervor.
Sie zerrten an den ineinander verhakten Rädern, doch das Bremsseil von Hollys Rad hatte sich gelöst und sich in Belindas Vorderrad verklemmt.
„Laß die Räder!“ rief Belinda. „Lauf!“
Hinter ihnen ertönte ein Krachen, und grelles Licht erhellte die Auffahrt. Holly warf einen Blick über ihre Schulter. Medlock stand in der Tür und wurde vom

Licht der Sturmlaterne in seiner Hand angestrahlt. Viel gefährlicher aber war Meyer, den sie nur als Silhouette sah und der gerade die Eingangsstufen hinuntersprang und auf sie zurannte.

Die beiden Mädchen spurteten los.

„Stehenbleiben!" schrie Meyer. „Stehenbleiben, oder ich schieße!"

Das furchtbare Krachen eines Schusses hallte durch die Nacht und übertönte sogar den Lärm der Alarmanlage. Die Mädchen kamen schlitternd zum Stehen und drehten sich zu Meyer um. Er hatte einen Arm erhoben und hatte in die Luft geschossen. Ein Warnschuß.

Er kam auf sie zu. „Ins Haus!" befahl er. „Sofort." Er richtete die Pistole auf die Mädchen und folgte ihnen ins Haus. „Stell das verdammte Ding ab", fauchte er Medlock an, denn die Alarmanlage heulte immer noch in den höchsten Tönen.

Doch Medlock starrte Holly und Belinda fassungslos an und bewegte sich nicht. „Sie sind es!" stieß er hervor. Er zeigte auf Belinda. „Die da hat die Kette getragen!"

Meyer saß auf der Tischkante, und seine kalten blauen Augen schienen die beiden Mädchen vor ihm geradezu zu durchbohren. Er hielt die Pistole lässig in der Hand. Sie war zwar nicht auf die beiden gerichtet, aber er machte damit doch deutlich, daß er die Macht hatte. Medlock stand unruhig an der Tür, und sein Blick wanderte nervös von Meyer zu den Mädchen und wieder zurück.

„Jetzt werden Sie die Kette nie mehr bekommen", sagte Holly trotzig.

„Glaubst du?“ erwiderte Meyer. „Ich nehme eigentlich an, daß eure Familien nur allzugern bereit wären, die Kette gegen euer Leben einzutauschen.“ Er griff hinter sich und nahm das tragbare Telefon vom Tisch. „Ein Anruf müßte genügen.“ Er sah Medlock an. „Du kennst doch diese Gegend. Wir brauchen einen Übergabeort. Einen Ort, von dem wir bequem abhauen können, sobald wir die Kette haben.“

Medlock sah ihn mit großen Augen an.

Meyers Augen verengten sich zu Schlitzen.

„Medlock?“

„Ja... ja“, stammelte dieser. „Ich überlege ja schon.“

„Dann überleg schneller“, sagte Meyer. „Wer weiß, daß ihr hier seid?“ fragte er die beiden Mädchen. „Weiß es überhaupt jemand?“

„Allerdings“, stieß Belinda hervor. „Die Polizei. Sie ist dicht hinter uns.“

Meyer lachte abschätzig. „Wer's glaubt“, sagte er.

„Die Polizei...“, murmelte Medlock, einer Panik nahe. „Die Polizei?“

„Du Feigling!“ fauchte Meyer und starrte Medlock finster an. „Die Polizei kommt doch gar nicht. Diese beiden wären nicht hier, wenn die Polizei informiert wäre. Und jetzt, du rückgratloser Jammerlappen, will ich von dir wissen, wo die Übergabe vonstatten gehen wird.“

„Da gibt es einen Ort“, murmelte Medlock, dem der Schweiß in Strömen über das Gesicht lief. „Er heißt Barnard's Corner und führt direkt auf die Schnellstraße. Aber...“

„Schnauze!“ befahl Meyer. „Die Einzelheiten kannst du mir später erzählen.“ Er kam auf Belinda zu, die Waffe in

der einen und das Telefon in der anderen Hand. „Ruf deine Eltern an", befahl er. „Sag ihnen, sie sollen die Kette zu Barnard's Corner bringen." Er sah auf die Uhr. „In einer Stunde. Sag ihnen auch, daß sie dich nie wiedersehen, wenn sie es nicht tun."
Belinda nahm all ihren Mut zusammen und schüttelte den Kopf. „Nein", sagte sie. „Das tue ich nicht."
Meyer richtete die Pistole auf sie. „Das werden wir ja sehen."
„Meyer!" keuchte Medlock. „Das kannst du nicht tun!"
„Ich habe gesagt, du sollst die Schnauze halten", knurrte Meyer. „Glaubst du etwa, ich bin nicht bereit, diese Gören zu töten, wenn ich dadurch die Kette zurückbekomme? Glaubst du, das Ganze ist ein verdammtes Spiel, Medlock?"
„Das werde ich nicht zulassen", keuchte Medlock und stürzte mit ausgestreckten Armen auf Meyer zu, so als wollte er ihm die Waffe abnehmen.
Holly zuckte zusammen, als Meyers Arm blitzschnell nach vorn schoß und Medlock die Waffe ins Gesicht schmetterte. Medlock stürzte zu Boden, drückte sich eine Hand an die Wange, und auf seinem Gesicht spiegelte sich eine Mischung aus Entsetzen und Schmerz.
„Noch ein Wort", fauchte Meyer. „Noch eine einzige Bewegung, und du bist tot."
Medlock kroch von ihm weg, sein Gesicht eine Maske der Angst.
„Ruf deine Eltern an!" Meyer hielt Belinda auffordernd das Telefon hin.
„Das hat keinen Sinn", sagte Belinda. „Selbst *wenn* ich es täte, wäre es sinnlos. Sie wissen nicht, wo die Kette ist.

Und das ist die Wahrheit."
„Dann sag ihnen, wo sie suchen müssen", befahl Meyer.
„Das kann ich nicht", stieß Belinda hervor. „Sie ist nicht mehr in unserem Haus."
Holly griff nach Belindas Hand. „Sag es ihm", bat sie eindringlich. „Er wird uns nichts tun, wenn er die Kette bekommt."
Meyer zwang Belinda das Telefon in die Hand. „Tu, was deine Freundin sagt. Sorg dafür, daß ich die Kette kriege, und ihr beide seid frei." Seine Hand legte sich schwer auf Belindas Schulter. Doch als sich seine Finger auf ihren Hals zubewegten, veränderte sich sein Gesichtsausdruck ganz plötzlich. Er sah auf einmal aufgeregt, ja beinahe ungläubig aus. Er riß am Kragen von ihrem Sweatshirt. Dort, bis jetzt gut verborgen, befand sich die schimmernde Halskette.
„Belinda!" stöhnte Holly.
„Ich dachte, es wäre sicherer, als sie zu Hause zu lassen", murmelte Belinda niedergeschlagen. Sie öffnete den Verschluß und ließ die Kette in Meyers offene Hand fallen. Ein Ausdruck gierigen Triumphes breitete sich auf seinem Gesicht aus, er begann zu lachen und umklammerte die Kette mit der Faust. „Wie es aussieht, brauchst du nun doch nicht zu Hause anzurufen."
„Sie haben die Kette", stellte Holly fest. „Jetzt können Sie uns doch gehenlassen."
Meyer stopfte den Schmuck in seine Tasche und wich zurück bis an den Tisch. „Da bin ich mir nicht so sicher." Langsam hob er den Arm, bis die Pistole direkt auf die beiden Mädchen gerichtet war.

13

Tracy greift ein

„Geronimo!" Tracys schriller Kampfschrei schallte durch das schäbige Zimmer. Tony Meyer hatte gerade noch genug Zeit, zur Decke zu sehen, als Tracy sich auch schon auf ihn stürzte.

Belinda und Holly stießen gleichzeitig Schreie der Überraschung und der Freude aus, als Tony Meyer unter Tracys unerwartetem Angriff zusammenbrach.

Tracy hatte keine Zeit gehabt, zu überlegen oder sich Gedanken zu machen, was passieren konnte, wenn sie aus dem oberen Zimmer heruntersprang. Holly und Belinda waren in Gefahr; das war alles, was zählte. Zum Nachdenken war ihr in dem kurzen Augenblick zwischen dem Erkennen dieser Gefahr und dem gewagten Sprung durch die zerbrochenen Bodenbretter wirklich keine Zeit geblieben.

Was für eine Attacke! Tony Meyer ging zu Boden wie eine gefällte Eiche, die Waffe wurde ihm aus der Hand geschleudert, und er stieß einen unterdrückten Schrei aus. Holly schnappte sich die Pistole, die dicht vor der Wand gelandet war. Was auch immer als nächstes passieren würde, zumindest war Meyer jetzt unbewaffnet.

Doch Tony Meyer war nicht in der Verfassung, etwas zu

unternehmen, bewaffnet oder unbewaffnet. Er lag bewegungslos auf dem Boden, und Tracy saß vollkommen außer Atem auf seinem Rücken und streckte Arme und Beine erschöpft von sich.
Durch das Loch in der Decke rief jemand: „Gut gemacht, Tracy!"
Belinda sah nach oben und entdeckte das strahlende Gesicht eines Mädchens, das durch die Lücke in den Bodenbrettern zu ihnen hinuntersah. Eine Sekunde später verschwand das Gesicht, und Belinda hörte das Geräusch rennender Füße über ihrem Kopf. Sie stürzte zu Tracy, um ihr auf die Beine zu helfen.
„Ich habe ihn", keuchte Tracy und stützte sich schwer auf Belindas Arm. „Puh!"
„Fesselt ihn!" Sie sahen sich um. Medlock hatte sich aufgesetzt, und sein Anzug war verknittert und schmutzig. „Schnell – fesselt ihn", wiederholte er. „Der Kerl ist verrückt. Gebt ihm keine Chance, wieder zu sich zu kommen."
Belinda kniete sich hin und drehte ihren Kopf so, daß sie Meyer ins Gesicht sehen konnte. Sein Mund stand offen, und seine Augen waren geschlossen. Ein eindeutiger Fall von Bewußtlosigkeit.
„Ich glaube kaum, daß er uns jetzt noch etwas tun kann", sagte Belinda.
Medlock erhob sich schwerfällig. „Vielleicht täuscht er die Ohnmacht nur vor."
„Das glauben Sie doch wohl selbst nicht", sagte Belinda entrüstet und betrachtete Medlocks schweißüberströmtes Gesicht. „Er ist eindeutig bewußtlos."
„Keine Bewegung!" befahl Holly, die Meyers Waffe mit

beiden Händen gepackt hatte und sie nun auf Medlock richtete. Sie hoffte nur, überzeugender zu klingen, als sie sich fühlte. Es gab zwar nichts in der Welt, das sie dazu bewegen konnte, diese Waffe auch zu benutzen, doch das wußte Medlock ja nicht.

Medlock schüttelte den Kopf. „Du machst einen Fehler", sagte er und zeigte mit zitterndem Finger auf Meyer. „Er steckt hinter allem." Er löste seine Krawatte und zog sie unter dem Kragen hervor. „Fesselt ihm damit die Hände. Schnell."

Tracy nahm ihm die Krawatte ab, kniete sich neben Meyer und zurrte ihm die Hände hinter dem Rücken zusammen. „Hoffentlich habe ich ihn nicht umgebracht", sagte sie ängstlich. „Er ist doch in Ordnung, oder?"

„Zumindest atmet er noch", sagte Belinda und grinste Tracy an. „Das nenne ich Rettung in letzter Sekunde."

Tracy zog die Knoten fest und stand auf.

Jetzt, da sein früherer Komplize gefesselt war, schien sich Medlock ein wenig zu entspannen. „Du hast uns allen das Leben gerettet", sagte er zu Tracy. „Dieser Mann wurde mit jeder Minute verrückter. Ich bin sicher, er hätte uns alle erschossen."

„Wer ist dieser Kerl?" fragte Tracy.

„Er heißt Mudlark", sagte Belinda. „Du solltest ihn eigentlich wiedererkennen. Er ist der, der gestern abend versucht hat, dich ins Auto zu zerren."

„Medlock", murmelte er und sah Belinda vorwurfsvoll an. „Nicht Mudlark."

Sie hörten Schritte in der Halle und sahen sich um, als Judy hereingestürzt kam. „Du solltest zum Film gehen,

Tracy! So etwas habe ich noch nie gesehen.“ Sie grinste die Mädchen fröhlich an. „Kein Wunder, daß dich der Mystery Club zur Anführerin gemacht hat!“

„Was muß ich da hören?“ empörte sich Belinda und sah Tracy mißbilligend an. „Was hast du ihr erzählt?“

„Sollten wir jetzt nicht die Polizei anrufen?“ fragte Tracy und versuchte, Belindas anklagendem Blick auszuweichen.

„Ist die Polizei denn noch nicht auf dem Weg hierher?“ fragte Medlock.

„Noch nicht“, sagte Holly. „Aber das können wir in einer Minute ändern.“ Sie bückte sich, um das Telefon aufzuheben, das immer noch dort lag, wo Belinda es fallengelassen hatte.

Medlock machte plötzlich einen Satz nach vorn, mit dem keines der Mädchen gerechnet hatte.

„Holly!“ brüllte Tracy. „Paß auf!“

Doch es war zu spät. Medlock riß ihr die Waffe aus der Hand, bevor sie auch nur wußte, wie ihr geschah. Er richtete die Pistole auf die Mädchen. „Zurück zur Wand“, befahl er, und nun lief ihm der Schweiß in Strömen über das Gesicht. Er warf einen schnellen Blick auf das Telefon, hob einen Fuß und trat mit Wucht darauf. Die Mädchen konnten das Geräusch von splitterndem Plastik deutlich hören.

„Holly!“ stöhnte Tracy. „Du Idiotin!“

Holly starrte hilflos auf die Pistole und auf Medlocks zitternde Hand. Tracy hätte ihr nicht erst sagen müssen, daß ihre kurzfristige Unachtsamkeit schuld daran war, daß sie jetzt alle wieder in Gefahr waren. Die Mädchen wichen zurück bis an die Wand.

„Du da", stieß Medlock hervor und sah Belinda an. „Greif in seine Tasche und hol die Halskette heraus. Schnell."
Belinda ging neben Meyer in die Hocke.
„Tu es nicht!" brüllte Judy dazwischen. „Er zittert wie Espenlaub. Er wird niemals auf uns schießen."
„Doch, das werde ich", widersprach Medlock. „Wenn ihr mich dazu zwingt."
Belinda sah erst Judy an und dann die Waffe in Medlocks Hand. Das Risiko erschien ihr sehr hoch. Medlock war nervös genug, um aus Versehen abzudrücken. Sie zog die Kette aus Meyers Tasche und richtete sich auf.
„Bring sie her", sagte Medlock und streckte die Hand aus. „Du brauchst keine Angst zu haben. Gib mir nur die Kette, und ihr seid frei."
„Das habe ich schon einmal gehört", stellte Belinda fest.
„Die Kette", verlangte Medlock scharf.
Belinda ließ sie in seine Hand fallen.
„Geh zurück", befahl er und begann, sich rückwärts auf die Tür zuzuschieben.
Judy lachte plötzlich auf. „Der Kerl ist doch wirklich unglaublich. Er bedroht uns mit einer Waffe, die nicht einmal entsichert ist!"
Medlock sah verwirrt auf die Waffe hinunter. Judy nutzte diesen Augenblick zu einem Sprung nach vorn, wirbelte herum und schleuderte ihren Fuß hoch.
Medlock schrie auf, als ihr Fuß sein Handgelenk traf und ihm die Waffe aus der Hand flog. Er taumelte gegen die Wand und hielt sich das schmerzende Handgelenk. Er funkelte die Mädchen böse an.
Holly nahm die Pistole wieder an sich und war diesmal

fest entschlossen, sie sich nicht wieder abnehmen zu lassen. „Ruf die Polizei an!"
Belinda sah auf das zerschmetterte Telefon hinab. „Wie denn?" fragte sie.
„Nimm das Autotelefon", sagte Holly.
„Ja, natürlich!" Belinda rannte zur Tür. „Laß dich nicht noch einmal von ihm austricksen", warnte sie.
„Bestimmt nicht", sagte Holly entschieden.
Belinda tastete in der stockdunklen Eingangshalle nach dem Türgriff. „Autsch!" Sie hatte den Türdrücker mit dem Handrücken getroffen – und zwar mit Wucht. Sie schüttelte die schmerzende Hand und riß die Tür auf. Sie stürzte auf Medlocks Wagen zu, obwohl sie kaum etwas sehen konnte, denn ihre Augen mußten sich vom gleißenden Licht der Sturmlaterne erst auf die Dunkelheit der Nacht umstellen.
Die Windschutzscheibe war von unzähligen Rissen durchzogen, doch sie hielt noch. Belinda suchte nach dem Ziegelstein. Er mußte irgendwo in der Nähe des Autos liegen. Sie fand ihn und schlug damit auf die Mitte der Scheibe. Es krachte laut, als die Scheibe zersprang. Sie vergrößerte das Loch, legte sich auf die Motorhaube und streckte einen Arm in den Wagen.
Belinda mußte ihren Arm ganz ausstrecken, um das Telefon zu erreichen. Sie drückte die Tasten der Notrufnummer und hielt sich das Telefon ans Ohr.
„Polizeinotruf – was können wir für Sie tun?"
Belinda wollte gerade antworten, als eine Polizeisirene sie fast zu Tode erschreckte. Sie wirbelte mit offenem Mund herum. Ein Polizeiwagen war in der Auffahrt schlitternd zum Stehen gekommen. Die Türen wurden

aufgestoßen, und vier Polizisten sprangen heraus.
„Das nenne ich prompte Bedienung", stellte Belinda fest. „Alles in Ordnung – sie sind schon hier!" sagte sie ins Telefon. Sie ließ den Apparat fallen. „Sie sind da drin!" rief sie und zeigte auf das Haus. „Aber... woher wußten Sie..."
Einer der Polizisten kam auf sie zu. „Bist du unverletzt? Wir hatten einen Anruf wegen einer Entführung."
„Ja, das war ich", sagte Belinda. „Ich meine, das war *nicht* ich, sondern Tracy, aber... ach, ist ja egal. Sie sind alle im Haus." Sie rannte hinter den Polizisten her. „Einer von ihnen ist bewußtlos und den anderen halten wir mit einer Pistole in Schach."
Sie rannten in die Eingangshalle, und die Taschenlampen der Polizisten warfen flackernde Lichtkegel auf die hohen Wände.
„Wo sind sie?" bellte einer der Polizisten.
„Hier entlang", sagte Belinda. „Folgen Sie mir."
Sie sauste durch die Halle, und die Polizisten waren dicht hinter ihr. In der Tür des Zimmers, in dem sie die anderen zurückgelassen hatte, kam sie jedoch abrupt zum Stehen, und ihr Unterkiefer fiel herunter.
In den wenigen Minuten ihrer Abwesenheit mußte sich in diesem Zimmer einiges zugetragen haben.

Als Belinda gegangen war, um Medlocks Autotelefon zu benutzen, drehte Tracy sich zu ihrer Cousine um und sah sie bewundernd an. „Wie hast du das gemacht?" fragte sie, erstaunt darüber, wie elegant Judy Medlock entwaffnet hatte.
„Tanzstunden", sagte Judy. „Eindrucksvoll, nicht wahr?

Hohe Sprünge waren schon immer meine Spezialität."
Medlock stöhnte, und die drei Mädchen sahen ihn an.
„Du hast mir das Handgelenk gebrochen", jammerte er und umklammerte das schmerzende Gelenk mit der anderen Hand.
„Wie denn?" fragte Judy. „Ich habe Sie doch kaum berührt."
„Geh nicht zu nah an ihn heran", warnte Holly und sah auf die Waffe hinunter. „Woher wußtest du, daß die Pistole nicht entsichert war?"
„Ich wußte es nicht", sagte Judy. „Aber ich dachte mir, daß er es auch nicht wissen würde. Sieh ihn dir doch an. Sieht er aus, als verstünde er auch nur das mindeste von Waffen?"
Sie betrachteten den hageren Mann mit seinem zerknitterten Anzug, dem das graue Haar wirr in die Stirn hing und dessen Gesicht schweißüberströmt war. Er wirkte jetzt ungefähr so gefährlich wie ein Kaninchen, das von den Scheinwerfern eines Autos geblendet ist.
Vom Fußboden war ein Stöhnen zu vernehmen. Alle Augen richteten sich auf Meyer. Er wand sich auf dem Boden, drehte sich auf die Seite und blinzelte die Mädchen verständnislos und mit glasigen Augen an.
„Bleiben Sie, wo Sie sind", befahl Holly ihm.
Judy ging zu ihm hinüber und funkelte ihn empört an.
„Ich hoffe, Sie werden für die nächsten zweihundert Jahre eingesperrt", verkündete sie. „Ich hoffe, die sperren Sie ein und werfen danach den Schlüssel weg!"
Aus den Augenwinkeln nahm Holly eine Bewegung wahr. „Medlock!" rief sie.
Medlock hatte den kurzen Augenblick, in dem die Mäd-

chen abgelenkt waren, genutzt, um zur Tür zu schleichen. Holly konnte gerade noch einen Blick auf sein schwarzes Jackett erhaschen, als er in die Halle flüchtete.
„Er hat immer noch die Kette!“ rief Tracy.
Die drei Mädchen stürzten hinter ihm her. Medlock schien sein angeblich gebrochenes Handgelenk vollkommen vergessen zu haben und hastete durch die Halle. Er warf ihnen einen gehetzten Blick zu und stolperte polternd die Treppe hinauf. Sein Gesicht war leichenblaß bei diesem verzweifelten Versuch, seinen Verfolgerinnen zu entkommen.
Doch die Mädchen waren ihm dicht auf den Fersen. Tracy und Judy waren nur ein paar Schritte hinter ihm. Judy warf Holly, die hinter ihr war, einen kurzen Blick zu. „Bleib unten“, rief sie ihr zu. „Falls er wieder herunterkommt.“
Medlock hatte den oberen Treppenabsatz erreicht. Er zögerte, als wäre ihm gerade bewußt geworden, daß er in der Falle saß, wenn er keine Möglichkeit fand, wieder nach unten zu gelangen. Er drehte sich um und sah aus, als wäre er bereit, die heranstürmenden Mädchen anzugreifen. Doch dann schien er es sich anders zu überlegen, denn er hatte Holly am Fuße der Treppe gesehen, die immer noch die Pistole in der Hand hielt.
Die Mädchen blieben auf der Treppe stehen und warteten ab, was Medlock als nächstes tun würde. Mit einem wütenden Aufschrei warf er die Kette nach ihnen und flüchtete. Tracy zog den Kopf ein.
„Ich hab sie!“ hörte sie Judy rufen.
Tracy war jetzt auf dem oberen Flur. Medlock rannte blindlings vor ihr her. Einen Augenblick lang sah sie

seine Silhouette in einer Tür, und dann hastete er in eines der Zimmer. Er stieß einen entsetzten Schrei aus, und Tracy sah ihn einen Moment lang in dem Lichtstrahl schwanken, der durch die fehlenden Bodenbretter in dieses Stockwerk fiel. Dann war er verschwunden.
Tracy hörte einen schweren Aufprall. „Er ist abgestürzt! Er ist durch das Loch im Boden gefallen!"
Die Mädchen rannten zurück ins Erdgeschoß. Medlock lag stöhnend auf dem Boden, und eines seiner Beine war unnatürlich verbogen. Meyer hatte es inzwischen irgendwie geschafft, auf die Beine zu kommen, und stand benommen schwankend neben seinem gestürzten Komplizen. Als die drei Mädchen ins Zimmer stürmten, wich er zurück und schüttelte verwirrt den Kopf.
Medlock sah die Mädchen mitleidheischend an. „Mein Bein", keuchte er. „Ich glaube, ich habe mir das Bein gebrochen."
Tracy hockte sich neben ihn. „Keine Angst, versuchen Sie, sich nicht zu bewegen. Wir werden einen Rettungswagen rufen."
Medlock drehte sein schmerzverzerrtes Gesicht zu Meyer. „Du bist ein Idiot", fauchte er. „Ein dämlicher, gieriger, schwachsinniger Idiot!"
Meyer starrte ihn ausdruckslos an. Er war ganz offensichtlich nicht in der Lage, auf Medlocks Beschimpfungen zu reagieren.
Aus der Halle ertönten Stimmen und das Geräusch rennender Füße. Die Mädchen sahen zur Tür und entdeckten Belinda, die sie verblüfft anstarrte und einen Augenblick später von den vier Polizisten zur Seite geschoben wurde.

14

Ende gut, alles gut

Die Mädchen folgten einem der Polizisten aus dem Haus. Er wollte ihre Namen und Telefonnummern wissen. Danach sprach er in das Funkgerät in seinem Wagen. „Ja, wir sind hier. Es war wirklich Hawkmoor House. Ja, alles unter Kontrolle." Aus dem Funkgerät ertönte eine quakende Stimme, und er grinste. „Nein, das Mädchen ist in Ordnung. Es war auch nicht nur eines – es waren vier." Er zwinkerte den Mädchen zu. „Bitte schickt uns einen Notarztwagen." Die Stimme am anderen Ende quakte wieder. „Nein", sagte der Polizist lachend. „*Denen* geht es gut. Er ist für die Entführer. Sie sind diejenigen, die den Notarzt brauchen."

Er legte das Funkgerät in den Wagen zurück. „Wer von euch möchte mir erzählen, was hier vorgefallen ist?"

Das war ein Fehler. Die vier Mädchen begannen natürlich sofort, aufgeregt durcheinanderzuschnattern, und es dauerte eine ganze Weile, bis der Polizist endlich anfing zu begreifen, was die Mädchen ihm erzählten.

Auch das mysteriöse Auftauchen der Polizei klärte sich erst auf, als Tracys Mutter eintraf. Nachdem sie Tracy und Judy erleichtert in die Arme genommen hatte, erzählte sie ihnen die ganze Geschichte.

„Ich bin erst nachmittags aufgewacht“, berichtete sie. „Und ich habe erst eine ganze Weile später angefangen, mir Sorgen um Tracy zu machen.“ Sie drückte ihre Tochter ein zweitesmal an sich. „Und dann erhielt ich diesen Anruf von dir“, fuhr sie fort. „Da *wußte* ich, daß etwas nicht stimmt. Du konntest gar nicht auf einer Radtour sein, denn dein Rad stand im Garten. Also habe ich die Polizei angerufen. Sie kamen sofort und haben mich zur Wache mitgenommen, damit ich ihnen alle Einzelheiten erzählen konnte.“

„Deshalb war Ihr Auto noch da“, bemerkte Belinda. „Wir haben uns darüber gewundert.“

Mrs. Foster nickte. „Als ich wieder nach Hause kam, war eine Nachricht auf dem Anrufbeantworter.“

„Von mir“, verkündete Belinda stolz.

„Ja“, fügte Holly trocken hinzu. „Du hast allen verkündet, Judy wäre an einem Ort, der Haremire House heißt.“

„Solch einen winzigen Fehler kann doch jeder machen“, sagte Belinda und sah Mrs. Foster neugierig an. „Wie sind Sie darauf gekommen, daß es in Wirklichkeit Hawkmoor House war – haben Sie einfach geraten?“

„Nein“, antwortete Mrs. Foster. „Ich habe sofort die Polizei angerufen, und die hat dann herausgefunden, was du gemeint hast. Hawkmoor House war das einzige Landhaus in der näheren Umgebung, dessen Name entfernt wie Haremire House klingt. Ein leerstehendes Haus in der Mitte von Nirgendwo.“

Der in der Nähe stehende Polizist nickte. „Wir hatten schon Meldungen vorliegen, daß in diesem Haus nachts Licht gebrannt hat. Wir haben angenommen, daß es sich

um Landstreicher handelt, und uns keine Gedanken darüber gemacht. Erst als Mrs. Foster anrief, haben wir zwei und zwei zusammengezählt." Er grinste. „Und wir sind gerade rechtzeitig gekommen, um zu verhindern, daß ihr diesen armen Männern noch mehr Schaden zufügt."
„Arme Männer?" rief Judy empört aus. „Meyer hat uns mit einer Waffe bedroht. Er war vollkommen übergeschnappt. Sie hätten sehen sollen, wie Tracy sich auf ihn gestürzt hat! Es sah aus, als wollte sie ihn unangespitzt in den Boden rammen!"
„Und Sie hätten den Tritt sehen sollen, den Judy Medlock verpaßt hat!" rief Tracy aufgeregt.
„Schon gut, schon gut." Der Polizist hob abwehrend die Hände. „Ihr könnt eure Aussage später machen. Im Moment halte ich es für das beste, wenn ihr alle nach Hause fahrt."
„Das soll mir recht sein", verkündete Judy. „Ich habe seit Tagen nicht mehr geduscht!" Plötzlich wurde ihr Gesicht ernst. „Wissen meine Eltern von alldem?"
„Natürlich!" rief Mrs. Foster aus. „Du weißt es noch gar nicht, oder? Ich glaube, ihr wißt es alle noch nicht." Sie sah Judy beunruhigt an. „Reg dich jetzt bitte nicht auf, Liebes. Dein Vater ist verhaftet worden. Deine Mutter hat angerufen und es mir erzählt."
„Das wissen wir bereits", sagte Holly. „Medlock hat auf der Party von Belindas Mutter davon gesprochen." Sie grinste Judy an. „Aber jetzt kommt alles wieder in Ordnung. Er ist verhaftet worden, weil sie geglaubt haben, er hätte die thailändischen Kronjuwelen gestohlen. Aber wir haben sie wiedergefunden. Sie werden ihn sofort freilassen, wenn sie das erfahren."

„Warte nur, bis mein Vater hört, wer dahinter steckt", sagte Judy düster. „Tony Meyer!"
In diesem Moment fuhr der Rettungswagen vor, und die Mädchen sahen zu, wie Medlock auf einer Trage herausgebracht und in den Wagen geschoben wurde. Als die Sanitäter Meyer aus dem Haus führten, funkelte er die Mädchen voller Wut und Haß an. Sie waren alle vier froh darüber, daß sie ihn so bald nicht wiedersehen würden.
„Nach Hause?" fragte Mrs. Foster. Sie sah Holly und Belinda an. „Ihr beide habt euren Eltern eine spannende Geschichte zu erzählen."
„Ach, ich glaube, sie gewöhnen sich allmählich an unsere Abenteuer", sagte Holly lachend, und die vier Mädchen zwängten sich in Mrs. Fosters Auto.
„Das sollten sie wohl", stimmte Belinda ihr zu. „Immerhin haben sie inzwischen genug Übung darin!"

Die drei Mitglieder des Mystery Clubs saßen in Tracys Garten. Ein bunter Sonnenschirm spendete ihnen Schatten, sie tranken Limonade mit Strohhalmen, und auf dem Tisch stand ein mit belegten Broten beladener Teller.
Die Proteste der verschiedenen Eltern, die auf die anstrengende Nacht hinwiesen, die die drei hinter sich hatten, waren auf taube Ohren gestoßen. Die Mädchen wollten am darauffolgenden Tag nichts anderes, als möglichst schnell wieder vereint sein. Schließlich hatten sie viel zu besprechen.
„Ich möchte immer noch wissen, was du Judy über den Mystery Club erzählt hast", sagte Belinda.

„Ich habe ihr nur erzählt, in was für Fälle wir bisher verwickelt waren“, sagte Tracy ausweichend.
„Tatsächlich?“ bemerkte Belinda und sah Tracy durch ihre Brillengläser an. „Und wie kommt sie dann auf die Idee, du wärst unsere Anführerin?“
Tracy blies in ihren Strohhalm, daß die Limonade blubberte. „Sie hat wahrscheinlich nur *vermutet*, daß ich es wäre. Ich schätze, ich habe erwähnt, wie oft ich euch aus der Klemme geholfen habe.“
„Darauf möchte ich wetten“, schaltete sich Holly ein. „Aber vermutlich hast du vornehm verschwiegen, wie oft wir dich schon retten mußten.“
„Wer war es denn, der sich auf Meyer gestürzt hat?“ fragte Tracy.
„Ja“, sagte Belinda. „Und wer war es, der dusselig genug war, sich überhaupt von ihm entführen zu lassen?“
„Und wer war es, der entschieden hat, die Pralinen meiner Mutter zu schenken?“ fragte Holly. „Ohne vorher auch nur einmal in die Schachtel zu sehen?“
Tracy drehte sich in ihrem Liegestuhl. „Hilfe!“ rief sie ins Haus. „Judy, hilf mir! Sie rotten sich gegen mich zusammen!“
Doch Belinda war nicht zu bremsen. „Wer von uns hat denn eigentlich die Halskette gefunden?“ fragte sie und stieß Tracy mit dem Fuß an. „Wer denn?“
„Ja, und wer hat sie direkt zu Meyer getragen?“ konterte Tracy lachend. „Also gut“, lenkte sie dann ein. „Ich gebe es zu. Wir haben alle etwas beigetragen, genau wie wir es immer machen. Wir drei zusammen.“
Judy kam in den Garten gesprungen. „Ihr streitet doch wohl nicht?“ fragte sie fröhlich. „Nach allem, was wir

durchgemacht haben, könnt ihr doch jetzt nicht streiten."

„Wetten doch?" sagte Belinda.

Judy ließ sich auf den Rasen fallen und trank einen großen Schluck Limonade. „Ich habe gerade mit meiner Mutter telefoniert", sagte sie. „Mein Dad ist wieder frei. Als die Polizei hörte, was hier passiert ist, haben sie den Haftbefehl gegen ihn sofort aufgehoben. Ist das nicht toll? Und er ist auch nicht mehr sauer auf mich." Sie grinste. „Und ich bin auch nicht mehr sauer auf ihn. Das Beste aber ist", fuhr sie fort und strahlte über das ganze Gesicht, „daß Mom und Dad mit dem nächsten Flugzeug herkommen werden. Dad will die Halskette abholen, aber er hat mir versprochen, daß sie mindestens eine Woche hierbleiben und Ferien machen."

„Das ist super", sagte Tracy. „Ich freue mich schon darauf, sie wiederzusehen." Sie seufzte zufrieden.

„Es ist eine Schande, daß wir Montag schon wieder zur Schule müssen", verkündete Belinda düster. „Wir haben fast die gesamten Ferien damit verschwendet, hinter dieser Halskette herzujagen."

„Ich würde nicht gerade sagen, daß wir sie *verschwendet* haben", widersprach Holly. „Und außerdem bleiben uns immer noch ein paar freie Tage."

„Das stimmt", sagte Judy strahlend. „Genug Zeit für ein paar neue Abenteuer. Tracy hat mir von all den aufregenden Sachen erzählt, die ihr gemacht habt. Ich kann es kaum abwarten, Mitglied in eurem Club zu werden."

Die drei Mädchen sahen sie entgeistert an.

„Hast du diese Woche noch nicht genug Abenteuer erlebt?" fragte Holly.

„Ich denke, wir sollten Judy zum Ehrenmitglied des Mystery Clubs ernennen“, schlug Belinda lachend vor.
„Gute Idee“, sagte Holly. Sie sah Tracy an. „Und ich finde, unser erstes gemeinsames Abenteuer sollte darin bestehen, daß wir herausfinden, welche Eissorten Tracy in ihrem Gefrierschrank hat.“
„Also das“, verkündete Belinda, „ist ausnahmsweise einmal ein Abenteuer ganz nach meinem Geschmack!“

Mystery Club Band 7:

Verdächtig

Auch im nächsten Band erleben Holly, Belinda und Tracy wieder ein spannendes Abenteuer. Auf den folgenden Seiten kannst du das erste Kapitel lesen:

„Wie lange dauert es noch, bis wir in London sind?" Belinda Hayes schaute durch ihre Brille in ihre leere Frühstücksdose. „Ich bekomme allmählich wieder Hunger."

Ihren Reiseproviant hatte sie schon vor geraumer Zeit aufgegessen. Ihre beiden Freundinnen Holly Adams und Tracy Foster sahen sie verzweifelt an. Diese Frage stellte sie ihnen nun schon seit einer Stunde immer wieder.

Tracy verdrehte ihre blauen Augen, dann suchte sie in ihrer Reisetasche herum, wobei ihr das blonde Haar ins Gesicht fiel. Sie zog einen Apfel aus der Tasche.

„Nimm den Apfel und hör auf zu meckern", sagte sie.

„Ich meckere ja gar nicht", wehrte Belinda ab, strich sich eine Strähne ihres dunklen Haares aus dem Gesicht und biß in den Apfel. „Ich wollte nur wissen, wann wir ankommen."

Die schlanke, dunkelblonde Holly vertiefte sich wieder in ihr Buch. Es fiel ihr schwer, sich zu konzentrieren,

denn Belinda störte sie ständig. Belinda stieß Holly mit einem Fuß an.
„Was liest du da?"
„Ein Buch", knurrte Holly. Sie war eine echte Leseratte; ihre liebste Lektüre waren Kriminalgeschichten.
„Wovon handelt es?" fragte Belinda mit vollem Mund.
„Es handelt von einem Mädchen, das ein anderes immer wieder beim Lesen stört", sagte Holly. „Ich bin gerade an der Stelle, an der das zweite Mädchen ausflippt und das erste aus dem fahrenden Zug wirft."
Tracy sah sich zu ihr um. „Das ist doch nicht wahr, oder?"
Holly lachte und klappte das Buch zu. „Nein, natürlich nicht." Sie sah auf die Uhr. „Wir müßten in einer Dreiviertelstunde in King's Cross sein, und wenn alles planmäßig läuft, werden wir dort von Miranda und Peter abgeholt."
Die drei Mädchen aus dem kleinen Ort Willow Dale in Yorkshire waren auf dem Weg nach London, weil Hollys Freundin Miranda sie eingeladen hatte. Miranda Hunt und Peter Hamilton waren Hollys beste Freunde gewesen, als sie noch in Highgate im Norden von London gewohnt hatte.
Holly hatte ihren Freundinnen bereits angekündigt, daß sie in diesen Ferien mit Sicherheit keine Kriminalfälle würden lösen müssen. Sie könnten in aller Ruhe sämtliche Sehenswürdigkeiten von London besichtigen. Und als Höhepunkt der Ferien war es Miranda gelungen, Karten für das neue Musical *Die Schneekönigin* zu bekommen.
„Was für ein Mensch ist Miranda eigentlich?" fragte

Tracy. Es war geplant, daß die drei Mädchen eine Woche lang bei Miranda wohnen würden.
„Sie ist sehr nett", sagte Holly. „Immer fröhlich. Sie war meine beste Freundin. Das heißt, eigentlich waren beide meine besten Freunde, Miranda und Peter. Miranda schreibt mir immer noch alle paar Wochen. Peter schreibt seltener, aber das ist für einen Jungen wohl normal, meint ihr nicht?"
„Woher soll ich das wissen?" fragte Belinda, die selbst Jungen mit vier Hufen und einem Schweif immer noch uninteressanter gefunden hätte als Pferde. „Miranda ist doch wohl hoffentlich keine von diesen Sportfanatikerinnen, oder? Damit meine ich, ob sie so fitneßverrückt ist wie Tracy."
„Ich bin nicht verrückt", widersprach Tracy. „Ich bin nur nicht so faul wie du."
Holly lächelte.
„Du wirst sie mögen", versicherte sie Belinda. „Sie ist dir ein bißchen ähnlich. Es ist ihr ganz egal, was andere von ihr denken, und sie hat einen einmaligen Sinn für Humor."
„Oh, nein!" stieß Tracy hervor. „Eine zweite Belinda überlebe ich nicht!"
Belinda strahlte. „Ich glaube, ich mag Miranda jetzt schon." Sie ließ das Kerngehäuse des Apfels in ihre Frühstücksdose fallen und räkelte sich bequem in ihrem Sitz herum. „Wie lange dauert es noch, bis wir in London sind?"
Kaum hatte sie die Frage gestellt, stieß sie einen erstickten Schrei aus, denn ihre Freundinnen hatten sich auf sie gestürzt.

Auf dem Bahnhof King's Cross herrschte das übliche Chaos, als die Mädchen sich wie unzählige andere Reisende auch zur Sperre vorarbeiteten. Tracy schleppte sich mit zwei Taschen und einem vollgestopften Rucksack ab. Belinda hatte es irgendwie geschafft, ihr ganzes Gepäck in eine einzige Tasche zu zwängen, und mußte sich nun ständig entschuldigen, weil ihre Tasche anderen Leuten immer wieder gegen die Beine stieß. Holly trug eine schwere Schultertasche und einen Koffer.

Holly, die etwas größer war als ihre beiden Freundinnen, stellte sich auf die Zehenspitzen und hielt über die Köpfe der Mitreisenden hinweg Ausschau nach Miranda und Peter. Sie entdeckte Peter zuerst. Er war groß und hager, und das braune Haar fiel ihm in die Stirn. Auch er hatte den Kopf hochgereckt, um Holly in dem Gedränge möglichst früh zu entdecken. Holly winkte ihm zu, und Peter winkte zurück. Dann konnte sie auch schon Mirandas langes blondes Haar und ihr freudiges Gesicht erkennen, und Holly winkte noch heftiger.

Nur ein oder zwei Minuten später standen die fünf inmitten des Gedränges auf dem Bahnsteig. Es war Holly fast ein wenig schwindelig, denn Miranda hatte sie so fest an sich gedrückt, daß ihr beinahe die Luft weggeblieben wäre.

„Super!“ verkündete Miranda freudestrahlend. „Das wird bestimmt eine tolle Woche.“ Sie betrachtete Holly eingehend und stellte dann fest: „Du hast dich überhaupt nicht verändert.“

„Ich bin doch erst ein paar Monate fort“, stieß Holly atemlos hervor. „Was hast du erwartet? Daß mir ein zweiter Kopf wächst, oder was?“

„Wer weiß“, sagte Miranda grinsend. „Nach allem, was du mir geschrieben hast, glaube ich, daß in Yorkshire alles möglich ist.“ Sie lächelte Hollys Freundinnen an. „Sagt nichts“, befahl sie. „*Du* bist Belinda und *du* Tracy.“
„Stimmt genau“, bestätigte Tracy.
„Du klingst gar nicht wie eine Amerikanerin“, stellte Miranda fest.
„Du solltest sie mal hören, wenn sie aufgeregt ist“, warf Belinda ein.
„Ich bin ja auch nur eine halbe Amerikanerin“, sagte Tracy. „Meine Mutter stammt aus England.“
„Ach ja“, sagte Miranda. „Jetzt fällt es mir wieder ein. Holly hat mir in ihren Briefen von euch berichtet.“
„Tatsächlich?“ fragte Belinda mißtrauisch. „Und was hat sie dir über uns erzählt?“
„Nur das Beste“, versicherte Miranda ihr. „Was macht denn dein Pferd? Es heißt Milton, nicht wahr?“
„Stimmt“, sagte Belinda. „Es läßt schön grüßen, und es tut ihm leid, daß es nicht mitkommen konnte, aber es muß diese Woche für ein Turnier üben.“
Miranda brach in lautes Gelächter aus. „Das gefällt mir“, stieß sie hervor. „Wir werden uns prima verstehen.“
„Ich habe vergessen, euch auf ihr Lachen vorzubereiten“, sagte Holly und lächelte. „Ziemlich laut, nicht wahr?“
Miranda lachte noch einmal laut auf und hakte sich dann bei Holly ein. „Laßt uns zu mir nach Hause fahren“, schlug sie vor. „Dann können wir überlegen, was wir tun wollen.“ Sie sah Tracy und Belinda an. „Wart ihr schon einmal in London?“
„Ich bin nur durchgefahren“, erzählte Tracy. „Aber dabei habe ich nicht viel zu sehen bekommen.“

„Das ist toll", sagte Miranda. „Dann gibt es viel, was wir dir zeigen können. Wie ist es mit dir, Belinda?"
„Ich bin schon ein paarmal hiergewesen. Aber ich kenne nur die wichtigsten Sachen, du weißt schon, den Tower, Big Ben und dergleichen."
„Ähem ..." Peter lächelte die Mädchen an. „Dürfte ich vielleicht auch mal was sagen?"
„Oh, entschuldige, Peter", rief Holly aus. „Wie geht's?"
„Gut", sagte Peter. „Mir ist nur gerade klargeworden, was es bedeutet, mit vieren von euch zu tun zu haben. Ich habe eine Liste von interessanten Dingen gemacht, die wir uns ansehen könnten." Er zog ein Blatt Papier aus der Tasche.
„Du scheinst ein echtes Organisationstalent zu sein." Tracy nahm ihm den Zettel aus der Hand. Darauf aufgelistet waren unzählige Sehenswürdigkeiten, aufgeteilt auf die Tage, die sie in London verbringen würden, sowie alle Zugverbindungen und Fahrzeiten.
„Ich habe auch eine Liste gemacht." Holly zog das rote Mystery-Club-Notizbuch aus ihrer Schultertasche. „Wir werden unsere Listen vergleichen müssen."
„Einen Augenblick", mischte sich Belinda ein. „Das sieht mir aber sehr nach Arbeit aus." Sie sah über Tracys Schulter auf Peters Liste. „Was ist denn das? Der Achtuhrzug nach Hampton Court?" Sie wendete sich Holly zu. „Das könnt ihr gleich streichen. Ich werde unter keinen Umständen so früh aufstehen. Habt ihr eigentlich eine Vorstellung davon, was das Wort *Ferien* bedeutet?"
„Auf jeden Fall weiß ich, was es für dich bedeutet", warf Holly ein. „Den halben Vormittag im Bett zu verbringen."

„Beachte Belinda gar nicht." Tracy lächelte Peter an. „Wir wollen soviel von London sehen wie möglich."
„Es sollten ja auch nur Vorschläge sein", sagte Peter. „Ich dachte, es wäre vielleicht ganz nützlich, für den Anfang ein paar Pläne zu haben. Wir müssen uns ja nicht buchstabengetreu daran halten."
„Ein Glück", murmelte Belinda.
„Darüber können wir uns bei mir weiter unterhalten", sagte Miranda. „Kommt ihr?"
Sie kämpften sich durch das Gedränge zur U-Bahn.
„Ist das voll hier", stieß Belinda hervor und folgte Miranda zum Fahrkartenautomaten. „Wo wollen die bloß alle hin? Sollten die ganzen Leute nicht bei der Arbeit sein?"
„Die meisten sind Touristen." Miranda lächelte. „Aber keine Sorge. Wir müssen nur sechs Stationen mit der Northern Line fahren, dann sind wir zu Hause." Sie steckte ein paar Münzen in den Automaten und drückte auf eine Taste. „Bleibt in meiner Nähe, damit niemand von euch verlorengeht."
„Keine Sorge!" Belinda trat zur Seite, weil sich jemand mit einem riesigen Rucksack an ihr vorbeidrängte. „Ich werde an dir kleben wie eine Klette."

Holly war glücklich, wieder bei ihren alten Freunden zu sein. Sie erinnerte sich an all die Abenteuer, die sie mit Miranda und Peter erlebt hatte, als sie noch in London wohnte, und sie freute sich schon darauf, Belinda und Tracy ihre alte Gegend zu zeigen.
Miranda wohnte in einem zweistöckigen Haus, das nur fünf Minuten von der U-Bahn-Station entfernt lag. Sie

hatte zwei ältere Schwestern, die Zwillinge Becky und Rachel, die sich ein großes Zimmer auf dem Dachboden teilten. Doch zur Zeit waren die beiden verreist, und so konnten Tracy und Belinda es sich in ihrem Zimmer gemütlich machen. Holly würde im Zimmer von Miranda schlafen.

Die Mädchen ließen ihr Gepäck fallen und folgten Miranda in die große, helle Küche, von der aus eine Doppeltür in den gepflegten Garten führte.

„Deine Eltern sind noch arbeiten?“ wollte Holly wissen.

„Ja“, erwiderte Miranda. „Meine Mutter müßte so gegen sechs aus dem Büro kommen. Von meinem Vater werdet ihr allerdings nicht viel zu sehen bekommen. Er arbeitet fast rund um die Uhr.“

Miranda stieß die Terrassentür auf, und die Mädchen setzten sich in den Garten.

„Ich habe die ganze Woche Zeit für euch“, erzählte Miranda. „Ich muß nur an ein paar Abenden Babysitter spielen.“ Sie nahm einen Schluck eisgekühlter Limonade. „Holly, du erinnerst dich doch an Susanna Winter?“

„Das ist doch die Schauspielerin, die mit deiner Mutter befreundet ist, oder?“ fragte Holly. Sie wußte auch noch, daß sie eine kleine Tochter hatte, die Charlotte hieß.

„Mußt du auf Charlotte aufpassen?“ fragte sie.

„Ja“, antwortete Miranda. „Susanna spielt die Hauptrolle in dem Musical, von dem ich euch erzählt habe.

„Ich wußte gar nicht, daß du eine Schauspielerin kennst“, sagte Belinda zu Holly. „Susanna Winter? Sollte ich sie kennen? Ist sie berühmt, ich meine, hat sie schon in irgendwelchen Filmen mitgespielt?“

„Sie arbeitet hauptsächlich am Theater", berichtete Peter. „Aber ich glaube, dies ist ihre erste große Rolle seit sechs Jahren. In den letzten Jahren hat sie sich ausschließlich um Charlotte gekümmert. Sie wohnt mit einer anderen Schauspielerin zusammen."

„Das stimmt", sagte Miranda. „Sie heißt Gail. Gail Farrier. Susanna hat ihr ein Zimmer vermietet, weil ihre eigene Wohnung gerade renoviert wird."

„Ist sie nett?" wollte Tracy wissen.

„Gail? Ich kenne sie kaum", antwortete Miranda. „Charlotte mag sie nicht besonders. Gail nennt sie immer Lotti, und das kann Charlotte nicht ausstehen. Sie ist zwar erst fünf Jahre alt, aber sie weiß genau, was sie will." Sie lächelte die Freunde an.

„Wir hätten nichts dagegen, dir beim Hüten von Charlotte Gesellschaft zu leisten, wenn es Susanna nichts ausmacht", schlug Holly vor und sah Belinda und Tracy an. „Das ist euch doch recht, oder?"

„Natürlich", sagte Tracy. „Wir können Miranda doch nicht allein gehen lassen."

„Ich glaube nicht, daß ich besonders gut mit Kindern umgehen kann", bemerkte Belinda. „Wenn ich ein Kind auf dem Arm halten soll, weiß ich nie, welches Ende nach oben gehört."

„Ich habe heute abend keine Zeit", sagte Peter. „Ich arbeite mit ein paar Freunden an einem Auto." Er lächelte verschmitzt.

„Feigling", stichelte Miranda. „Er hat Angst vor Charlotte, das ist alles."

„Kluger Junge", bemerkte Belinda.

Holly erhob sich. „Hat jemand Lust auf einen Spazier-

gang? Ich kann euch zeigen, wo wir früher gewohnt haben."
„Ich komme mit", sagte Peter. „Ich wollte mich ohnehin auf den Heimweg machen."
„Gute Idee", sagte Miranda. „Macht ihr einen Spaziergang. Wenn ihr gegen fünf Uhr wieder hier seid, haben wir noch Zeit, bevor wir zu Susanna fahren."
Peter und die Mädchen brachen auf.
Sie gingen von der belebten Hauptstraße in ein Wohngebiet, in dem es ruhiger war. Holly zeigte den Freundinnen das Haus, in dem sie damals gewohnt hatte.
„Ich würde zu gern einen Blick hineinwerfen", meinte sie. „Wie es die neuen Mieter wohl eingerichtet haben?"
„Sei lieber froh, daß du es nicht weißt", sagte Belinda.
Ein paar Straßen weiter war Peter zu Hause. „Wir sehen uns dann morgen früh", sagte er zum Abschied. „Viel Spaß beim Babysitten."
Während die Mädchen weiterschlenderten, erzählte Holly ihnen von Peter. Er lebte allein mit seinem Vater, der Lehrer an der nahegelegenen Oberschule war. Seine Mutter war gestorben, als er noch klein war.
„Der Arme", sagte Tracy mitfühlend.
Auf dem Rückweg schlug Holly eine andere Strecke ein, die sie, wie sie ihren Freundinnen versicherte, zu Mirandas Haus zurückführen würde.
Wieder bei Miranda angekommen, aßen sie schnell etwas und nahmen dann den Bus, der sie zu Susanna Winters Haus brachte.
Susanna bewohnte eines von mehreren in Form eines Halbmondes angeordneten Einfamilienhäusern, zu denen jeweils ein großer, gepflegter Garten mit vielen

alten Bäumen gehörte. Die Mädchen umrundeten die letzte Kurve und lachten und alberten, als Miranda plötzlich wie angewurzelt stehenblieb.
Ein Stück vor ihnen stand ein dunkelblaues viertüriges Auto am Rand der Straße. Am Steuer saß ein Mann, und neben der geöffneten Tür stand eine Polizistin, die sich mit einer anderen Frau unterhielt. Holly erkannte Susanna Winter sofort. Sie war groß und schlank, hatte einen schwarzen Mantel an, das lange Haar fiel ihr bis auf den Rücken, und auf ihrem wunderschönen Gesicht spiegelte sich ein Ausdruck von Betroffenheit.
„Was mag da vorgehen?“ sagte Miranda.
„Es gibt nur eine Möglichkeit, das herauszufinden“, stellte Belinda fest.
Als die vier Mädchen näherkamen, stieg die Polizistin in ihr Auto, und der Wagen fuhr davon.
„Stimmt etwas nicht?“ fragte Miranda.
Susanna sah die Mädchen gedankenverloren an. „Ja, ich fürchte schon“, sagte sie und sah dem Polizeiwagen nach. Dann schaute sie auf die Mädchen. „Kommt ins Haus“, forderte sie die vier auf. „Dann erzähle ich euch alles.“
Sie folgten ihr durch den Garten. An der Tür blieb sie stehen und drehte sich zu den Mädchen um. „Sie wollten zu Gail“, sagte sie, und die Mädchen sahen sie verwundert an. „Sie haben einen Haftbefehl für sie!“